異能学園の最強は平穏に潜む

～規格外の怪物、無能を演じ学園を影から支配する～

3

「端的に言うよ。お前はもう用済みだ」

藍澤 建

ill. へいろー

1-C 雨森悠人
主人公。学園を潰すため
【夜宴】という組織を設立。
夜宴の長・【八咫烏】として
暗躍している。異能は不明。
旅のしおり
1-C 火芥子茶々
雨森と同じ文芸部に所属する少女。
基本的には面倒くさがり屋だが、
情には厚いサバサバタイプ。

1-C 朝比奈 霞
トップクラスの異能
【雷神の加護】を持つ美少女。
雨森をストーキングしている。
1-C 倉敷 蛍
【夜宴】の一員であり、クラスメイトからの
信頼を一身に集める美少女。
【王】クラス以上の異能を持つ。

「お願いだから……誰か助けてよ」

1-B 四季いろは
ハイスペックな美少女。

基本的に人を信じていない。

交渉系最強の異能【嘘王の戯れ】を持つ。

異能学園の最強は平穏に潜む3

～規格外の怪物、無能を演じ
学園を影から支配する～

CONTENTS

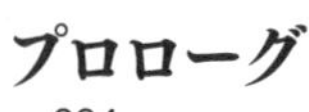

異能学園の最強は平穏に潜む3
～規格外の怪物、無能を演じ学園を影から支配する～

著　者：藍澤 建　イラストレーター：へいろー

選英学園　生徒心得

一、あらゆる状況に対応する力を身につけるべく、与えられた異能を最大限に用いて文武を修め、社会人となる礎を作り上げること。

二、本校における生徒会は、生徒間での問題発生時に限り、厳正中立に仲裁する組織として学園が保有する一定の権限を有するものとする。

三、全生徒には定期テストの結果を基に生活費を支給する。学生ながらも自立した精神を育み、充実した学園生活を送ること。

四、個々人の主体性を磨くべく、外部との連絡は全ての場合において許可されない。また、退学する以外で学園外へ出ることは許されない。

五、学園における校則は絶対であり、学園及び教師陣もまた絶対である。それに逆らうことは何人たりとも許されない。

六、以上の項を念頭に置いた上で、規律ある学園生活を送ること。

SENEI GAKUEN

プロローグ

Ｂ組から闘争要請（コンフリクト）があってから、一週間。

場所は、学園の地下に広がる広大な古代遺跡。

雌雄を決する最後の舞台に、朝比奈霞（あさひなかすみ）と新崎康仁（しんざきやすひと）は立っていた。

されど、二人の様子は正反対。

朝比奈は青い顔に怒りを滲（にじ）ませ。

その様子を、新崎康仁は楽しくて堪（たま）らないと笑っていた。

「あぁ、楽しいねぇ、朝比奈霞！　お前はまた僕に負ける！　現に、お前のクラスメイト、一体どれだけ殴り飛ばしたか！　あぁ、殺したやつもいたっけか！」

否定したかった。嘘（うそ）だ、と。彼の言葉を拒絶したかった。

けれど、彼の姿が、表情が、それが真実であると語っている。

朝比奈は歯を食いしばることしかできず、なんとか絞り出した声には力もなかった。

「黙り、なさい」

「黙らないね！　僕はとっても楽しいんだよ！　ありがとう、僕らからの闘争要請（コンフリクト）を受け取ってくれて！　お前のおかげで僕は人を殺せた！」

正義の味方への、最大限の挑発。

この学園に来て初めて――朝比奈霞の顔へと、憎悪が灯る。

それを前に、新崎康仁は愉悦で語る。

「そうだねぇ、ただの言葉じゃ、きっと理解が出来ないよねぇ。だから、実感を込めて、心から語ろうか。うん、そうしよう」

朝比奈からの威圧感が膨れ上がる。されど、新崎は動じない。

どころか挑発を更に強めて、彼は語り出す。

「さて、誰の話から聞きたい？　あぁ、やっぱりアイツの話から聞きたいかな？　朝比奈霞、お前が心の底から執着してた、あの男のお話さ！」

朝比奈は、拳から血が噴き出すほど握りしめる。

されど、それは新崎を増長させるだけのスパイスに過ぎなかった。

「いやぁー、強かったよ、アイツは。まさかあれだけ力を隠してるとは思ってもみなかった。多分、後にも先にも、僕をあそこまで追い詰める人間はいないだろうさ。でも、僕が勝った。万策尽くして卑怯も奇策も費やして……残ったのは潰れた肉塊、それだけさ」

朝比奈は雷鳴を纏い、一気に新崎へと襲いかかる。

対し、新崎はその拳を真正面から受け止める。

遺跡へと凄まじい衝撃が響き、砂塵が舞い、洞窟の壁が震える。

朝比奈は、憎悪を隠すことなく迸(ほとばし)らせて。
新崎は、なおも変わらぬ笑顔で言った。

「くっだらねぇ死に方だったよ、雨森悠人(あまもりゆうと)は！」

声にならない悲鳴と共に、更なる雷が響き渡る。
それは、悲しみと怒りと絶望と。
様々な感情に染まった、哀(かな)しい雷。

——雨森悠人を、守ることが出来なかった。

朝比奈霞の、贖罪(しょくざい)の雷だった。

第一章　新たな戦い

体育祭明け。

定期テストの結果が個々人へと返却された頃。

一年C組では、【とある噂(うわさ)】が立っていた。

「おー！　雨森！　あいっ変わらず、今日もモテモテだな！」

「……烏丸(からすま)か。やめてくれ、そういうのは」

今日から夏服となり、より一層神々しさを増した星奈(ほしな)さんとお話(イチャつい)していると、登校してきた烏丸がニヤニヤしながら肩を組んでくる。

ちなみに噂というのは、僕がモテモテという話ではない。

そんな噂なら喜び勇んで跳ねていただろうに。現実というのは残酷だ。

「なんだよー。朝っぱらから蕾(つぼみ)ちゃんと男女二人で仲良く話してるんだから、そういうことなんじゃないのかー？」

「か、烏丸、くん。それは雨森くんに、失礼です。雨森くんは、すごい人なので、私なんかじゃダメダメです」

顔を真っ赤にした星奈さんがそんな見当外れなことを言っている。

何を言っているんだろう、この子は。
えっ、僕はいつでもオールオッケーなんですが。
むしろ、僕が女神に相応しくない気がしてならないのですが。
……よし、今日から男を磨こう、星奈さんに相応しい男になるために。
そんなことを思いながら、僕は烏丸の頭をがっしりアイアンクロー。
「……蕾ちゃん、だと？　やはり死にたいようだな烏丸冬至」
烏丸はチャラい。誰がどう見たってチャラ男である。
そのため、他の女子生徒にどれだけチャラく絡んでも仕方がないと思っている。
倉敷あたりをナンパしに行くと言われたのなら、僕は笑顔で見送ろう。
なんなら朝比奈嬢あたりであれば、むしろこちらから差し出そう。
だが貴様は……手を出してはいけない聖域に土足で踏み込んだッ！
「星奈さんに対してそのチャラさ。死に値する」
「がぁっ!?　い、痛い痛い！　やっ、やめろぉおおお!?」
当然やめるつもりなど無い。このまま逝け烏丸冬至。
僕ですら星奈さんを下の名前で呼んだことないのに……お前だけは絶対に許さんッ！
これで星奈さんまで『冬至くん』なんて呼んでいたら僕の心が死んでいただろう。
判決、殺人未遂。お前は僕の心を破壊しかけた罪で極刑だ。

「あっ、雨森くんっ、暴力は、めっ、ですよっ！」

「……っ、命拾いしたな、烏丸」

しかし、そんな罪人にも手を差し伸べる優しい女神が。

僕は上目遣いで怒られたため、渋々と烏丸への死刑執行を中断する。

彼は頭を押さえて僕を睨(にら)んでいたが、知らんぷりして窓の外へと視線を向けた。

「こっ、この野郎……ホンット蕾……星奈ちゃんが絡むと冗談が通じねーな……っ」

「当たり前だ。数少ない僕の親友だからな」

「なら俺にも優しくしてくれてもいいんじゃないですかねぇ！」

そう叫ぶ烏丸を見て笑った。鼻で。

「冗談キツイな。自意識過剰か？」

「こっ、この野郎……っ！」

そうこう烏丸と言い合っていると、僕らの様子を見て星奈さんが笑みをこぼす。

「やっぱり仲がいいんですね、お二人とも」

「何をどう考えたら『やっぱり』になるのかは知らないがな」

「ま、仲がいいことを否定しないのは、やっぱり雨森って感じだけどな」

烏丸が上げ足を取ってきたので、論破してやろうかとそちらを向く。

そんな折にふと、クラスメイトの声が聞こえてきた。

「ねぇねぇ、聞いたー？　例の噂～」

その言葉を見て、はたと目が醒める思いだった。

そういえば、元々は星奈さんとその『噂』について話し合っていたんだった。

一年Ｃ組に蔓延する噂というのは、僕と星奈さんのスキャンダル……などでは決してなく、朝比奈の結成した『自警団』とは別の『ある組織』についてだった。

「あ、知ってるー！　【夜宴】っていうヤツだよねー！」

倉敷の言葉に、少しだけクラスがざわついた。

夜宴、それは体育祭以降、急速に名を挙げてきた組織の名前だ。

表立って動いている自警団ほどではなくとも、じわじわと、確実に『噂』として蔓延しつつある。まるで毒のようにね。

また、夜宴については多くの噂が流れている。

曰く『最近になって設立された組織』

曰く『全員が加護の異能力保持者』

曰く『対学園の過激派組織』

曰く『全員が動物のコードネームを持っている』

曰く『その規模は数十人に及ぶ』

曰く『あらゆる場所に構成員が潜んでいる』

等など。……うん、文字に起こしてみると大半が嘘ですね！

なんでったってこんな噂が流れているのか……清々しいほど身に覚えがないわね。

まったく、どうしてかしら？

「夜宴……ねぇ、雨森も話聞いたか？」

少し真面目な表情に戻った烏丸が、問いかけてくる。

「……まぁな。正直、信じていいものなのか……」

「俺は信じてねぇけどな」

「おっ、佐久間！　おはよー！」

背後から声がして振り返れば、登校してきた佐久間が鞄を片手に立っている。

「聞いたぜ？　その……なんつったか、夜宴？　のリーダーは、最強の異能力者だって言うじゃねぇか。んなもん、どっかの馬鹿が考えた妄想だと思ってるぜ。馬鹿馬鹿しいったらありゃしねぇ」

「まぁ、確かに佐久間の言い分も納得出来る」

佐久間の言う通り、噂を疑うものは多い。

……だが、夜宴の実在を疑っている人物は一人もいなかった。

それは何故か。答えは簡単だ。

夜宴の噂には、二つの根拠があるからだ。

——一つ、自警団の堂島忠が、夜宴の長と戦い、敗北したということ。

堂島忠本人は頑なに喋ろうとしないらしいが、体育祭当日の晩、堂島忠が誰かと戦い、負けたのを誰かが見ていたらしい。おっかしいなー。あの時、近くに誰もいないのは確認していたはずなのに。戦ってた本人が広めたとしか思えねーや。困ったもんだぜ。夜宴とか言う奴らはよ。

——そしてもう一つが、新崎康仁が夜宴の存在を確信しているということだ。

保健室での一件の後、新崎らＢ組は必死になって僕の正体について探っていた。

そして数日前、ついに夜宴という組織にたどり着いた。それ以降はＢ組総勢では夜宴の存在について聞き回っているらしい。なるほど、こうも噂が広まるわけだ。

ちなみに風の噂によると、Ｂ組の誰かが夜宴の尻尾を摑んだらしいな。

詳しい話は聞かないが……どこのクラスにも優秀な奴はいるもんだ。

閑話休題。

とまぁ、そんなこんなで、夜宴の名前は広まりつつあった。

その噂によって僕らの生活に変化があるわけではないが……夜宴の噂が広まるということは、それだけ新崎が大きく動いているという証明でもある。

まぁ……夜宴の長として、思いっきり新崎のことを邪魔したわけだしな。

正直、僕があそこで動かなくても倉敷や堂島が居たわけだし、結果は変わらなかったと思うけど……それを抜きにしても僕が朝比奈に協力したという事実がある。傍から見ればC組との戦いに割り込まれた形だし、新崎としては面白くないだろう。

「新崎も敵が多いな……」

「あんな性格だぜ？　クラスじゃ絶対ぼっちしてるって！」

烏丸に言われて想像してみる。

あれだけ僕らに対して生き生きしていた新崎が、クラスで誰にも話しかけられずに端っこの席で座っている光景。……まあ、あり得そうな光景だとは思うが……。

「僕も似たようなものだからな。他人のことは笑えないさ」

「……肯定するつもりじゃねぇが、テメェも敵は多いからなぁ」

新崎が、クラスを見渡してそう言う。

今までは興味も無……じゃなかった。傷つきそうなので見てみぬふりをしていたのだが、雨森悠人はクラスの一部からはあまり好かれていないようなのだ。

なんてったって、クラス最弱の異能を持っていながら、クラスカースト最上位の佐久間や烏丸、そして今やクラス三大美少女の一人と数えられる星奈さんと交流があるわけだ。

最初は霧道に殴られて虐められていたくせに、いつの間にかクラス内での立場が自分と逆転していたら……そりゃあ妬みの一つも出てくるってモノ。

ま、不幸中の幸い、そういった負の視線は少ないからね。

実際、今まで歯牙にもかけていな……じゃなかった。

我慢できる程度のものだったから、わざわざ事を荒立てるつもりもないんだ。

「最近は男子から妬みの視線をよく貰うよ。星奈さんと話しているせいかな？」

「も、もうっ、雨森くん……冗談がすぎますよっ！」

真っ赤な顔の星奈さん。とてもかわいい。

その反応に萌え死んでしまおうかと悩んでいると、佐久間が顔を顰めた。

「それだけじゃねぇと思うがな……」

「そーだぜ雨森！　蕾ちゃ……じゃなかった。星奈ちゃんだけじゃねぇだろお前は！」

烏丸の言葉が聞こえて間もなく、わざとらしくカツカツという足音が聞こえてきた。

足音の方向は教室の後ろ出入口から。その方向を見て烏丸が「噂をすれば……」と言ったのを見て、僕は柄にもなく顔を顰めた。

正直、僕がクラスの数名に嫌われるのはどうだっていい。興味もない。

が、どうでもよくない問題が一つ、学園に入学した当時から僕の近くで居座っていた。

「おはよう雨森くん！　とてもいい朝ね！」

名前を呼ばれたので、声の方向を一瞥する。

腰まで伸びる黒髪に、宝石のような緑色の碧眼。

肌は色が抜けるほど白く、顔に張り付いたのは自信に満ち溢れた表情。

全身から『私は元気よッ！』とでも言いたげな雰囲気を醸し出す少女。

こいつも今日から夏服になっていたが、僕は興味がないので視線を逸らした。

「あ、あらっ、聞こえなかったのかしら？　おはよう雨森くん！　とてもいい朝ね！」

「うるさい。聞こえている朝羽間。分かったら話しかけるな鬱陶しい」

「私の名前は朝比奈よ雨森くん！　ほら、リピートアフタミー、ＡＳＡＨＩＮＡ！」

ぴきりと、額に青筋が浮かぶ。

そんな僕をよそに、朝比奈は周囲の面々へと挨拶し直している。

「皆もおはよう！　とてもいい朝ね！」

「おはようございます……朝比奈さん」

「おう。珍しく遅かったじゃねぇか。寝坊でもしたか？」

「おはよう朝比奈さん！　夏服似合ってるぜ！」

星奈さん、佐久間、烏丸から返事が飛ぶ。

だが、その挨拶を聞いた僕は窓の外からある人物へと視線を戻した。

「おい烏丸……『朝比奈さん』……だと？」

お前さっき、星奈さんには『蕾ちゃん』と呼んでいたよな？

苗字と下の名前の呼び分け。加えて『さん』と『ちゃん』も違うと来た。

……不思議だなァ。この違いはなんだ、烏丸冬至？

「あっ、やべっ」

烏丸は何を感じたか、そそくさと佐久間の背後に隠れた。

「おい待て貴様、理由を聞かせろ、ことと次第によっては……」

「……そろそろホームルームだぞ。席戻れよ、テメェら」

巻き込まれたくないと思ったか、佐久間が早急に烏丸を見捨てる。

なんてったって、烏丸冬至は僕の一つ前の席だ。席に戻るということは……つまり、僕の眼前で死刑執行を受け入れるということでもある。

「ちょ、ちょっと待てよ佐久間！　み、見捨てるのか!?　俺たち友達だろ！」

「そ、そうよ！　まだ挨拶も返してもらってないわ！　そ、それに今朝比奈って……！」

うるさいのが二人。席の遠い佐久間は自分の席へと戻っていく。

「そ、それでは雨森くん……またあとで……」

続いて名残惜しくも星奈さんを見送り、うるさい朝比奈を追っ払う。

そして、渋々と前の席に座った烏丸の肩をがっちりと摑んだ。

「話……聞かせてもらおうかぁ」

「ち、違うからな!?　絶対お前が思ってるようなことじゃないからな!?」

烏丸がそう叫んだところで、ちょうどホームルームの時間がやってくる。
彼は目に見えてほっと安堵の息を吐き、僕は舌打ちをする。
……まあいい。細かいことにこだわってもしょうがない。
烏丸だしな、多少のチャラさには目を瞑ることにしよう。
そう考えて頬杖をつき、窓の外へと視線を戻す。

いつも通りの日常。普段通りの生活。
そして、決して変わらぬ堅固な校則。
既に、クラス全員が席に着いている。
ここ最近では、始業十分前の時点で九割の生徒が席に戻っていることが多い。
ちなみに残りの一割が朝比奈やら烏丸、星奈さんだったりするのだが……。
通常の学校においてはありえぬ光景も、一か月も経てば既に日常だ。
窓の外を眺めていると、やがて榊先生が入室してくる。
彼女はプリントの束を片手に持っていた。
――いつもとは違う光景。
榊先生の真剣な表情も相まって、否応なく嫌な予感が突き抜けた。
多少ざわついた僕ら生徒たちを前に。

彼女は教壇に立つと、僕らを見渡しこう告げた。

「諸君、Ｂ組より、正式に【闘争要請（コンフリクト）】があった」

それは、日常に終わりを告げる一言だった。

☆☆☆

「……随分と急ですね」

先ほどの様子とは打って変わり、真面目モードの朝比奈がそう呟（つぶや）いた。

先ほどまでのアレは何だったのだろう。そう思わなくはないが、こっちの朝比奈の方が個人的にはとても助かる。なんてったって僕に絡んで来ないからな。

「ああ、Ｂ組より宣戦布告されたのも先ほどだしな。私自身も驚いているよ」

榊先生はそう言って、教卓に抱えていたプリントの束を置いた。

「事情が事情だ。今回は朝のホームルームを潰し、Ｂ組からの提案を説明させてもらう」

「あっ、せんせー、プリント配りますよーっ！」

猫をかぶった倉敷（くらしき）が手を挙げ、榊先生の許可を得て席を立つ。

彼女がプリントを配り始めるのと同時に、榊先生は口を開いた。

「聞く限り今回の闘争要請（コンフリクト）は……かなり大掛かりなモノらしい」

――闘争要請（コンフリクト）。

校則や常識を簡単に突き破る校内の限定システム。

時にそれは、法律さえ無効化することが出来る。

いいや、無効化ではなく、無視するのか。

「舞台は学園側で用意させてもらうが、その場所で三日間。お前たちには【かくれんぼ】をしてもらう」

「かくれんぼ？……なんだよ、それ」

佐久間（さくま）が、苛立（いらだ）たしげに呟いた。

新崎康仁からの闘争要請（コンフリクト）なら、ルール無用の殺し合いでもするのかと思っていたんだろう。そこを、茶々を入れるように、毒気を抜くように、子供のような無邪気さで悪意の塊を突き刺してくる。

かくれんぼ、だなんて、さすがの僕も予想してなかったわ。

朝比奈嬢を見れば、彼女もまた顎に手を当てて考え込んでいる。

……どうやら、彼女もまた想定外のようだった。

「正直に告白すれば、私たち教師陣にとっても想定外の展開だ。だが、とりあえず諸君。聞くだけ聞け。断るのはお前たちの自由だ。聞いて損になることはあるまい」

「……そうですね。榊先生、続きをお願いします」

朝比奈は少しの沈黙の後にそう答える。

榊先生は大きく頷くと、改めて手元の資料へと視線を落とした。

「まず前提として……かくれんぼ、とは言っても、諸君のよく知る『ソレ』とは別物と思ったほうがいい。三日間、何も与えられずの無人島サバイバル。その中で敵を見つけて戦闘不能にする。こうすることで、初めて相手を『見つけた』ということになるらしいな。ある意味、鬼ごっこと思ったほうがいいかもしれん」

「うっわー、完全に殺す気だぜアイツー……」

烏丸が、引き攣った笑顔を見せる。

つまり、かくれんぼとは、名前だけ。

その実態は、相手を見つけて、戦闘不能へと追い込む。

その工程を経て『相手を見つけた』ということになり、戦闘不能になった生徒は脱落。

その繰り返しを経て、最終的に残った最後の一人を有するクラスが勝者となるのだろう。

そんな推測を裏付けるように、榊先生から追加の説明が飛んでくる。

「勝利条件は、相手クラスの全員を見つけること。また、生徒個々人には自らリタイアする権利も与えられているようだな」

「なるほど。サバイバルとなると、その場所にもよりますが少なからず命の危険が付きまといます。場合によっては三日間生き残るだけでも難しい……妥当なルールですね」

今のところは、な。

少々……というか、かなり物騒なところはあるが、それでもまだ許容できる範囲内。新崎が『C組を正攻法でぶっ潰す』と考えている以上、もともとこういった類の『嫌な想定』は出来ていた。

見るに、朝比奈嬢もさほど動揺した素振りはない。

僕と同様、ある程度の想定は済んでいたのだろう。

……ただ、それでも、次の言葉には少し驚いた様子だった。

「そして特別ルール。【両クラスで相談の上、第三者を一名だけ、当闘争へと招待することが出来る】……とのことだ」

大勢のクラスメイトの頭上にハテナが浮かんだ。

言っている意味が分からない。分かったにしても、それをする動機が分からない。

捉え方によっては、新崎がまた悪だくみを始めた……と考えてもおかしくない。

けれど、新崎の心情を知っている僕や倉敷、そして朝比奈嬢はすぐに理解する。

「新崎康仁が、夜宴の長を探っている……というのは、本当だったようね」

「……っ、まさか……嘘だろ？　夜宴つっても、ほとんど噂みたいなもんじゃねぇか」

佐久間が、驚いたように声を上げる。

榊は大きく頷くと、手元の資料を眼前へと掲げた。

そこには大きな文字で、その名前が記されている。

「組織名『夜宴』の首領――通称【八咫烏】。B組が指定した招待客の名だ」

八咫烏。

誰が名付けたか、その名前。

鴉の濡れ羽色のローブを纏い、その姿形は見る者によって千変万化する。

正体不明、異能も不明。加えて妖怪の如く神出鬼没。

誰がどう見ても人間ではない、魑魅魍魎の類である――故に、八咫烏。

まぁ、安直だとは思うけど、カッコイイし、別に否定したりはしていない。

むしろ、公式に名乗っちゃったりしようかな。知り合いに命名をお願いしようかと思っていたけど、アイツに仕事ばかり押し付けるのも気が引けるからな。

ただ……八咫烏。導きの神、太陽の化身、か。

語感は非常に素晴らしいが、内容的にはあまりそぐわない気もするんだよな……。

「これは……相談の上、というのは？」

ふと、朝比奈嬢の声が聞こえて思考を中断する。

「無論、新崎と顔を合わせて相談してもらう。望む招待客を相手に納得させることが出来れば……その時は、こちらが望んだ客を招待することも可能だろう」

そう言われて最初に思い浮かんだのは、自警団に属する三年生、堂島忠。

なんてったって物理戦最強の男。単体で朝比奈霞と同等の戦力。

彼を招待できたなら、C組は一気に優勢になる。

新崎と戦うにあたっては、間違いなく最高峰の追加戦力……では、あるんだが。

堂島の強さは、当然新崎だって分かっているはず。

であれば、どんな手を使っても、どんな弁明を用いても。

きっと右から左に流されて、なんにも出来ずに時間が浪費する。

間違いなく、堂島を参加させるというこちらの提案は通らないだろう。

……というかそもそも、堂島忠は生徒間の喧嘩に付き合うような男じゃないしな。

朝比奈は何か考えていた様子だったが、すぐに首を横に振り答える。

「……いいえ、今回は、招待客はその方で問題ないでしょう。そも、私たちは真っ向勝負をするつもりなのですし、全く関係のない第三者が選ばれる方がむしろ望ましいです」

「まー、あからさまな敵陣営とか、そーいうのを選ばれなくて安心っちゃ安心だわなー。

夜宴は、なんかB組と敵対してるみたいだしよ」

「ええ、新崎くんは、おそらく、私たちと夜宴、両方を一気に潰すつもりなのでしょう。

それ以外、このルールを設ける意味は……ええ。あったとしても、それは現実に不可能なものばかりよ」

新崎と夜宴が裏で繋(つな)がっているか、とかな。

言葉や可能性には挙げられても、現実にはまず有り得ない。

彼女は『そういうこと』をまとめて切って捨てると、改めて榊先生へと視線を向けた。

「榊先生、率直に問います。受けるべきだとお考えですか？」

「……私の意見を問うとは珍しい。私はお前に嫌われている自覚があったんだが」

なんせ、学園の理不尽を朝比奈へと教えた張本人だ。

そりゃ、目の敵にされたっておかしくない。

だが、そんな幼稚なことを、今の朝比奈霞は実行しない。

だって彼女は、正義の味方を目指しているのだから。

「いいえ、先生。貴方(あなた)は理不尽で生徒の敵かもしれない。ですが今必要なのは、貴方はC組とB組、どちらの味方なのか、という結論だけです」

「……なかなか、言うようになったな。朝比奈霞」

榊先生が、朝比奈の成長に頬を緩ませる。

朝比奈の言う通り、榊先生が敵か味方かは、この際どうだっていい。

大切なのは現時点での彼女の立ち位置。

生徒の敵、学園の使徒……としての榊先生に尋ねるのではなく。

一年C組の担任教師、としての彼女へと朝比奈は問うた。

榊(さかき)先生はしばし間をあけ、あくまでも担任教師、C組の味方として口を開く。

「――私としては、受けるべきだと考える」

その答えに、朝比奈は口を挟まなかった。

無言のまま先を促し、榊先生は言葉を重ねる。

「今回、私たちは『勝負を受けた』立場にある。ならば、私たちも相応のルール追加が出来ると考えるべきだ。なにせ、向こうがこれだけの制約(ルール)を定めてきたのだ。こちらから新たに条件を定めても問題あるまい」

「……つまり、何が言いてぇんだ？」

「簡単なことさ、勝利した暁には新崎康仁を退学にすればいい」

彼女の言葉に、誰もが発言出来なかった。

ただ、朝比奈霞を除いて。

「いいえ、先生。そこまでする必要は無いでしょう。熱原(ねつはら)君へ課したように、今後一切、危害を加えられないよう、すればいい話です。むしろ、その他の部分でルール追加をするべきかと思います」

「ちょ、ちょっと待ってよ朝比奈さん！　新崎だよ!?　退学にしちゃえばいいじゃん！」

朝比奈の即答に、クラスのギャルが声を上げた。

あれは……倉敷のお友達、真備さんだな。

今までは興味もな……じゃなかった。あまり接点が無かったが……ううん、改めて見ると典型的なギャルだなぁ。ちなみに彼女は僕を嫌っている一人でもある。

真備の言葉に、多くの生徒が頷いている。

それは僕も同感だ。甘っちょろすぎるぞ朝比奈嬢。更生させるとか何とか言ってるのは聞いてるが、相手に選択肢を残すのと、残さず潰すのとではまるで違う。今後の不安要素を摘んでおくのに越したことはないはずだ。

……と、普段の僕なら言うんだろうな。

「……悪いが今回は、僕も新崎の退学には反対だ」

「ハァ!?……雨森！　アンタ……何言ってるか分かってんの!?」

僕の言葉に、真備が突っかかってくる。すごい怖い。

「嫌な奴は退学させる……ってのがこの学園の方針なのよ！　新崎みたいな奴らから居なくなってもらわないと、最終的に私たちが危険な目に遭うわけ！　アンタ、そん時になって責任も取れないくせに出しゃばるんじゃないわよ！」

そう言って、真備は朝比奈のことを睨んだ。

「私は認めないわよ……敵にまで情けを掛けるだなんて……ッ。新崎も……熱原だって退学にさせればよかったのよ、霧道みたいに！」

朝比奈嬢は彼女の熱弁に少し目を見開いた。

このクラスの中心、大黒柱と言っても過言ではない朝比奈嬢に対し……ここまで反対意見を言える存在。そんなのは（僕を除いて）今まで一人としていなかったからな。

なるほど……真備か。どこかで使えるかもしれないな。

「それは全面的に同意見だが……論点がズレてるぞ真備」

「あァ？」

熱原みたいな声が返ってきた。ヤンキーかお前は。

「……もう一度言うが、僕は【今回は】反対だ、ってだけだ」

「……今回は？　なにそれ」

不機嫌そうに復唱する真備と、困惑を浮かべるクラスメイトたち。

彼らに説明するように、僕は自分の意見を語る。

「大前提として、相手はあの新崎だ。自分の退学が条件として出されたのなら、確実に向こうもまたルール追加を要請してくる。『それだけのリスクを背負うなら、もっとメリットがないとね』……なんて言ってな」

「そ、それは……」

彼が心の底から望んでいること。

それは『もっとC組を徹底的に叩き潰したい』だ。

「ちなみに榊先生。Ｂ組の勝利報酬は？」

「『Ｃ組全員、土下座して退学』、だそうだ」

榊先生の言葉に、クラス中が騒めく。

あまりに酷い……もとい、新崎らしいルールに内心笑い、言葉を重ねる。

「なら、尚更やめておこう。ルールの追加は別な部分で使うべきだ」

「はァ!?　そんなルール向こうは出してきてんでしょ！　なら、こっちだって――」

「そう。相手と対等に戦うつもりなら同じルールを追加するべきだ」

真備の言葉は正論だ。僕がリーダーなら何の迷いもなく同じルールを追加している。

だが、今回のリーダーは朝比奈霞で、彼女は他人を蹴落とした上での学園生活なんてこれっぽっちも望みはしない。……甘いことにな。

だから、新崎を退学にはしない。できない。

そういう前提で考えてみると、意外にもメリットが目についたりするもんだ。

「言い換えれば、こちらがＢ組生徒の退学を出した時点で、僕らは対等だ。こちらがさらにルールを追加しようとすれば、向こうに同じだけのルールの追加を許してしまう。あの新崎を相手にそれを許せばどうなるか……考えたくもないと思うのは僕だけか？」

「……っ、そ、それは……」

その未来を想像し、真備がとっても嫌な顔をする。

クラスを見渡せば、同じような顔をしている生徒が多く居た。なら、説明は不要だな。

「新崎の排除。それをあえて『しない』という選択肢を取ることで、僕らC組はB組と対等にならずに済む。存分に、優位に立ったままルールの追加が出来る。ある程度までな」

僕が新崎の立場なら、そうされるのが一番『嫌だ』と思うだろう。

なら、それをしてやろう。相手の一番嫌がる場所を、存分に突いてやろう。

「今重要なのは、相手にいかに重いデメリットを背負わせるか、じゃない。相手が新たなルール追加を要請できない範囲で、どれだけこちらのメリットを増やせるかだ」

後は任せた、と朝比奈嬢へと視線を向ける。

彼女はぴくぴくと鼻を膨らませており、どこか自慢げな様子だ。

「そう、そうよ、さすが雨森くん！　私もちょうど同じことを思っていたの！　奇遇ね、なんだか嬉しいわ！」

「榊先生、気分が優れないので保健室に行ってきていいでしょうか」

「却下する」

榊先生の容赦なき却下。

僕は肩を落とし、朝比奈嬢は胸に手を当て後退る。

「い、いよいよ、言葉も交わして貰えなくなった……！」

「霞ちゃん、ファイトだよ！　諦めたらそこで試合終了さ！」

「え、ええ……そうね！　私頑張るわ！」

　倉敷から心にもない言葉が贈られる中、朝比奈嬢は何とか次の言葉をひねり出す。

「けれど、雨森くん。利の問題ではないの。相手の退学を条件に出してしまえば、それは熱原君や新崎君とやっていることが変わらないわ。私は誰かを見捨てたいわけではないの。仮に新崎君に退学を背負わせられる状況になったとしても、私はそれを望まないわ」

　……知ってるよ。だから、わざわざ新崎を退学させない方向で、無理やりに真備が納得しそうな根拠をひねり出したんだ。ちょっとはねぎらってくれてもいいんですけどね。

「……む。惜しいな。誰かが余計な口を挟まなければ通せるかと思ったが」

　榊先生が今度は僕を見る。その目は雄弁に『他の意見はないのか』と語っていた。

　……本来なら黒月（くろつき）が言ってるはずなんだけどな。ここら辺の取りまとめは。

　彼がダウンしている以上、僕もあまり不満は言えない。

「そうだな。ルールの『戦闘不能』を変更するのはどうだろう」

　僕の提案に、前の席の烏丸（からすま）が『なるほど！』と手を打った。

「そりゃいいな！　例えば……攻撃が当たったら発光する『的』みたいなのを付けてよ！　それが発光したら負け、みたいな？　とにかく、戦闘不能みたいな、危なっかしいことをされる可能性は大幅に消えるってもんだ！　なんだよ雨森、今日はいつになく積極的に発言するな！」

「単に僕は新崎が怖いだけさ。色々と殴られてるからな」

僕と烏丸の発言を皮切りに、クラス内から多くの意見が溢れ出す。

玉石混交の意見の中から、いくつか『これは！』と思うような意見を拾い上げ、榊先生が黒板へと記していく。

もちろん、これらを全てルールに追加させることは出来ないだろう。

だが、半分近くを導入することは出来るはずだ。

何とか形になりそうだな、と感じて僕は大きく息を吐く。まだまだ闘争要請が始まる前だと言うのに……不思議と、精神的に疲れている僕がいた。

それは、久しぶりに人前で話したせいか。

或いは……この戦いが、想像以上に過酷なものになると予期しているためか。

いずれにしても、今回は僕も、全面的に手を貸すつもりだ。

夜宴の長、八咫烏としてではなく。

一生徒、雨森悠人、個人としてな。

☆☆☆

その日の放課後、僕は病院へと向かっていた。

……まあ、正確には『僕らは』の方が正しいのかもしれないけれど。

「へぇー、雨森って意外とお見舞いとか行くタイプなんだー。意外じゃん」

「それは馬鹿にされているのだろうか？」

隣を歩く少女にそう問い返すと、彼女は慌てた様子で手を振った。

「いやいやいや！　そういう意味じゃなくてさ！」

「今のは火芥子（ひがらし）、貴様が悪いな。言葉を選べ」

「うっさい間鍋（まなべ）！　お前にだけは言われたくないっての！」

赤髪の少女、火芥子さん。

それに文句を垂れる眼鏡オタクの間鍋君。

二人の様子を、後ろの方で三人が眺めている。

「二人とも仲いいよね……。同じ出身だったっけ？」

「ええまあ、中学校からの仲ですね。私と火芥子氏と間鍋氏は」

「ほぇえ……！　この学校、すごく倍率高かったのに……すごい確率ですねっ！　三人とも合格して同じクラスになるだなんて……」

女の子？　いいえれっきとした男の娘（こ）、井篠（いしの）。

高校生にもなって未（いま）だ中二病、天道（てんどう）さん。

そして我らがワンダフルエンジェル。

そして僕を含めた、合計六名。文芸部の皆で病院へと歩いていた。

今日の目的は、未だ意識の戻らない黒月のお見舞いだ。

僕はそのために放課後をあけていたのだが、運悪く彼らに捕まってしまったわけだ。

わざわざついてこなくても構わないのにな……。

そんな内心を隠し、後ろの三人の会話に交ざる。

「日本中から生徒が集まってくるからな。……確かにすごい確率だろう」

「そうですねっ！　私なんて同郷の人……えっと、そういえば四人居ました……」

「四人も!?　星奈部長の方がすごい確率じゃない!?　運命感じちゃうでしょそれ！」

運命。そう聞いた瞬間、ぽっと顔を赤らめた星奈さんが僕を見上げた。

えっ、何その反応。僕も運命感じちゃうんですけど？

僕じゃなかったら盛大に勘違いしてこの場で結婚を申し込んでいても不思議ではない。

ふぅ、あぶないあぶない。あまりの尊さにあやうく悶絶して死ぬところだった。

「おい雨森、目から血が出ているが……大丈夫か？」

「おや失敬」

僕はハンカチで血涙を拭くと、何食わぬ顔で会話を続ける。

「しかし……この学園もどういう基準で生徒を選んでいるんだろうな」

「いや、さっきの血涙は誤魔化せないけど……まあ、確かに」

僕に対して呆れた目を向けていた火芥子さんだが、確かに、と気になった様子。

「学力……では選んでないよね。ウチのクラスだけで見ても上は黒月、下は霧道でしょ？

……いや、ああ見えて霧道も学力的には頭良かったかもしれないけどさ」

『それは無い（かな）……』

火芥子さんの言った可能性に、星奈さんを除く全員の声が重なった。

霧道が……実は頭良かった？

いやいやいやいや。そんなわけがないでしょう。

どっからどう見てもバカだったよあいつ。というか逆になんで受かったんだろう霧道。

「あ、あの、霧道……君、って……」

「あー、ごめんっ、星奈さんの耳に入れる価値もない酷い奴だよ、気にしないで！」

火芥子さんが今は亡き霧道に酷いことを言う。

事実だから何一つとして訂正はしないが……死体蹴りは酷いと思うぞ！

あいつを退学に追い込んだ元凶の分際で言わせてもらうけどねっ！

「なにかしら条件はあるんだろうけど……その条件を満たした生徒の中で完全ランダム、とかなんじゃないかな？　あの倍率だと僕も入れると思ってなかったし……」

「いいえ井篠氏！　おそらく生徒の選別にはそれはもう大きな陰謀が渦巻いているに違いありません！　例えば……そう！　異能適合率の優れた、選ばれし者だけが——」

「あ、病院見えてきたね」

天道さんの妄想をたった一言で井篠が切り捨てる。

彼女は目に見えて不満そうな顔をしたが、彼女の妄想聞いててもしょうがないしね。

「いいえ！　私の直感が囁(ささや)くのです！　この学園にはきっと身の毛もよだつような悍(おぞ)ましい陰謀が渦巻いていると！　間違いありません！　その設定の方が面白いですから！」

「天道の直感ってけっこー当たるんだけどねぇ。今回は大外れの日かな」

そんなことを話していると、すぐに病院までたどり着く。

いつものように入口から中に入る。

外の暑さなんて嘘(うそ)だったかのように、病院の中は涼しくクーラーが利いていた。

心地よい涼しさにほっと頬を緩ませた僕らは、そのままエレベーターの方へと歩いていく。普通に階段でもいいんだが……今日は天道さんがいるからな。彼女は常人の三倍から五倍くらい脆弱(ぜいじゃく)だから、きっと階段の上り下りなんて耐えられないだろう。

エレベーターの前にたどり着くと、ちょうど扉が開くところだった。

中に乗っていた人物が、降りてくる。

ふと、足が止まった。


その人物を見て、驚きに心臓が止まるかと思った。

「……おや」

「あっ、八雲学園長！」

星奈さんが、その男を見て声を上げた。

真っ白な髪をオールバックにワックスで固め。

黒いスーツをこれ以上なく上手に着こなした、まるで大人の代表みたいな男。

その男は『以前』と変わらず胡散臭いほど優しい笑顔を浮かべていたが、僕らを見て少し驚いた様子を見せた。

「君たちは確か……一年C組の生徒だったかな」

「は、はい……お、覚えてるんですか？」

おそるおそると井篠が問うと、八雲学園長は楽し気に笑った。

「当然だとも。新入生が沢山入ってくれて嬉しかったからね。ちょっと張り切って生徒たちの名前は頭に入れてきたのさ」

そう言って、男は僕たちの顔を一人一人のぞき込む。

「井篠真琴。間鍋愉、火芥子茶々、天道昼仁、……星奈蕾」

全員の名前を言いながら、最後に男は僕の前で立ち止まった。

「……そして、雨森悠人」

男は僕を見下ろしている。

優しそうな笑顔の向こう側。細めた目の奥には疑念が渦巻いているように見えた。

「……もしかして、どこかで会ったことがあるかい？」

「初対面だと思います。八雲選人という名前に覚えはなかったので」

「そうかい？　それだといいのだけどね」

それで話は終わり……だと思ったけれど。

男は僕の前に立ち止まったまま、僕のことをじっと見据えている。

「……何か？」

「いや、君の異能のことは覚えていてね。『目を悪くする』……だったかい。あの堂島君と対となる能力だ。鍛えれば強くなりそうだ……と目をつけていたんだ」

そう言い切って、男はやっと歩き出す。

「それでは失礼するよ。これからも学生らしく頑張ってくれたまえ」

そう言いながら、男は病院の出口へと向かって歩き出す。

僕はその姿を見送ることはなく、エレベーターのボタンを押した。

——少なくとも、今はまだあの男には用はない。

学園をぶっ壊すにしても、まだ、あの男には目を付けられるべきではないのだ。

そう考えながら、開いていく扉を見つめる。

「あっ。そういえば、雨森悠人君。一つ聞きたいことがあったんだが」

ふと、背後から声が聞こえた。

八雲学園長は、まるで忘れ物をしたような気軽さで。

まったく聞き覚えのない名前を、口にした。


「『天守弥人（あまもりやひと）』……この名前に聞き覚えはあるかい？」


扉が開く。

文芸部の皆が、恐る恐るとエレベーターに乗り込む中。

僕はその男を振り返り、無表情で問いに答えた。

「……ないですね。僕と似た苗字（みようじ）だとは思いますが……その人が何か？」

「いいや、聞いてみただけだよ。君が知人に似ていたものでね」

いい笑顔でそう言って、今度こそ八雲は帰っていった。

その姿を見送って、僕はエレベーターへと乗り込む。

「あ、雨森くん……今の名前って……」

「さあな。大方、上級生と苗字が似ていたから気になったんだろう」

そう言って僕はエレベーターの壁に背を預け、腕を組む。

どっちにしろ、その名前と雨森悠人(ゆうと)に関係はない。

僕はそんな男は知らないし、きっとその男も僕のことは知らないだろう。

……知らなくていいのだ。僕のような人でなしのことなんて。

「なんというか……胡散臭い男だったな、学園長は」

「そうですか？　私はいい人そうだなぁと思いましたが……」

「いやいやいや星奈部長、この学園の意地悪校則考えた奴だよ？　普通に考えていい奴なわけないじゃんか……」

文芸部の皆が、エレベーターの中であの男について話し合う。

星奈さんを除いた全員の感想は『なんか胡散臭い』と言った感じ。

実際、あれだけ校則に苦しめられた後にあの顔を見れば、その感想しか出てこない。

星奈さんみたいに頭の中お花畑(パラダイス)であれば話は別かもしれないが、現時点であの男に好印象を覚えている奴は……間違いなく、頭がイカれていると僕は思う。

「ね、雨森もそう思うでしょ？」

ふと、火芥子さんが僕へと問う。

ちょうど目的の階について、扉が開く。

僕は組んでいた腕を解くと、感想を告げて歩き出す。

「いい笑顔だったし、いい人なんじゃないか？」

「は、はぁ!?　も、もしかして雨森、どっかに目ん玉落としてきた?」

薄っぺらい嘘に、火芥子さんは呆れてそう言う。

いやなに、星奈さん一人だけ意見が違うってのもちょっと可哀想だろう。

なら、僕の意見なんて関係ないよ。薄っぺらくとも僕は彼女の側につく。

星奈さんはほっとしたように息を吐き、僕の後ろについてくる。

少し遅れて他の面々も歩き出す。

やがて、黒月の病室にたどり着く。

入口の戸へと手を伸ばすと……ふと、学園長の笑顔が頭に浮かんだ。

「ちょ!?　あ、雨森何してんの!」

火芥子さんの驚いた声。気になって見れば、僕の握ったドアハンドルが折れていた。

手の中を見ると、壊れた残骸が転がっている。

「……不良品だった、ってことに出来ないか?」

「いや、思いっきり握力でぶち壊した跡にしか見えないけど」

彼女の言葉に肩を落とす。……まあ、しょうがないか。気を抜いてた僕の落ち度だ。

「……悪い、ちょっと病院に謝って弁償してくる。先にお見舞いしててくれ」

「ちょっと、しっかりしてよね副部長～」

火芥子さんが呆れたようにそう言って、僕は一人歩き出す。

……そうだな、しっかりしないとダメなんだ。

どれだけ過去を思い出そうと、どれだけ嫌な奴と出くわそうと。

僕はもう、雨森悠人なのだから。


――天守、なんて名前は捨てたんだから。

☆☆☆

「雨森くん、やっぱり話し合いには付いてきてくれなかったわね……」

放課後、私は彼の座っていた座席を見つめてため息を漏らす。

一年B組からの闘争要請(コンフリクト)を受けてから……まだ数時間。

向こうからの強い要望で、今から新崎(しんざき)君と対談する予定になっている。

ちらりと、もう一つの空席へと視線を向ける。

いつも相談に乗ってもらっているクラスメイト――黒月奏(かなで)。

頼りがいのある彼も、今は居ない。

雨森くんと黒月君。できればどちらかには話し合いに同席してもらいたいと思っていたのだけれど……無理は言えないし、彼らに甘えてばかりもいられない。

「頼ってばかりじゃ、また雨森くんに嫌われそうだし」

正義の味方として、他人を頼る重要性は痛いほど理解した……つもりだ。

けれど、私が目指した【彼】はそうじゃなかった。

他人の意見なんてさらっと無視して、力業で弱者を拾い上げる。

感謝なんていらない。自分がやりたくてしたことだ——って。

そんなことを言いながら、息をするように人を助けた。

助けてくれた——そんな人。

……不思議と、つい最近まで忘れてしまっていた人。

どうして彼のことを忘れてしまっていたのか。

そして、どうしてこのタイミングで思い出すことができたのか。

なにか重要な手掛かりが近くに転がっているような気もしたけれど、今は新崎君との話し合いの方がずっと重要。私は気持ちを切り替えて前を向く。

『友人を頼るのはいい、けれど、友人を当てにするのはダメだ』

そう決意すると、タイミングよく蛍（ほたる）さんから声がかかる。

「霞（かすみ）ちゃーん！　そろそろ時間だよっ！」

倉敷（くらしき）蛍。このクラスの委員長。

入学当時から私と仲良くしてくれている、本当にいい友人だ。

私自身、一番仲のいい友人は？　と聞かれたら『倉敷蛍』と答えるほど、友人として彼女のことは大好きだ。……ただ、彼女は『私に対して本音を打ち明けていない』ような気がする。だから、彼女の信頼を勝ち取って、本音を言い合えるような親友になることが私の密(ひそ)かな目標でもある。

「ええ、ありがとう蛍さん。それじゃあ行きましょうか」

今回、クラスから話し合いに出席するのは私、蛍さん、佐久間(さくま)君、烏丸(からすま)君の四人。

本来なら他の皆(みんな)もつれていきたいところだけれど、大勢で乗り込むことで新崎君を刺激するのは避けたかった。考えうる限りの想定はしているつもりだけれど、彼はそれすら読んで、見当はずれな『幼稚』をぶち込んでくる。そんな予感があった。

――相手にとって不足なし。

これでその相手が正々堂々と戦ってくれるのなら文句なしだったのだけれど……。

『C組を潰したいなら、ルールの中で私を倒してみなさい。そんなこともできないのなら……新崎康仁(やすひと)、貴方(あなた)は永遠『弱い』ままよ』

この間の挑発を思い出して、随分と大口を叩(たた)いたものだと少し恥ずかしくなる。

アレが少しでも響いていたらいいのだけれど……相手はあの新崎君。

正直、精神構造がどうなっているか分からないもの。
吐く言葉全て嘘だと疑ってかかるくらいじゃないと足りない気がする。
佐久間君、烏丸君と合流し、Ｂ組へと向かう。
隣のクラスだ、移動なんて一分もかからない。
扉を前に、一度深呼吸。頭の中を一度整理し直し、扉に手を掛ける。
「準備はいいかしら？」
『当然』
三人から同時に声が返る。
私は彼らの頼もしさに笑みを漏らし、扉を開いた。
「失礼するわ、新崎君は居るか、し……ら？」
しかし、目の前の光景を見て言葉尻まで勢いが続かなかった。
目の前には一年Ｂ組の教室がある。
既に放課後、一定数の生徒がすでに居ないだろうとは考えていた。
けれど、まさか……いいえ、一応可能性の一つとしては見ていたけれど。
「やあ、待ってたよ。正義の味方」
――その教室には、既に新崎君以外の生徒は一人も残っていなかった。
彼は教卓に座り、楽しそうな笑顔でこちらを見る。

その笑顔は悪戯が成功した子供のよう……では、決してなくて。

さも当然の状況下にいるような、いつも通りの笑顔に見えた。

「……他の生徒たちは？」

「……？　変なことを聞くんだね。これは僕とお前らの戦争だろ？　彼らには一切介入させるつもりはないよ。……まあ、クラス間対抗戦、って名目が欲しいから、一応名前と体だけは貸してもらうけどね」

……嘘じゃない。

彼の言葉は疑うべきだと理性は告げる。けれど、それ以前に本能で察してしまう。

「……蛍さん。烏丸君」

「うん、嘘言ってるようには見えないかな……」

「すっげー嫌だけど同意見。新崎が誠意見せるとか……明日は雪でも降んのかね」

私よりも他人の感情の機微に敏い二人も、そう判断する。

私は小さく息を吐くと、教室の中へと足を踏み出す。

「随分と信頼されているのね。それとも、お得意の暴力で追い出したのかしら？」

「ご想像に任せるよ、そんな事語ってもつまんねーしね」

彼は教壇から降りると、教室の中心へと歩き出す。

「来たのは……へぇ、四人かぁ。僕の直感もあまり当てにはならないかもね」

教室の中心には、いくつか机がくっつけられて簡易的な会議の場が出来ている。

新崎君が座った側には、椅子は一つ。

その反対側には、椅子が『五つ』並べられていた。

私たちはそちらに回ると、各々椅子に座った。

「一つ多いわね。……ここには来られない、黒月君に対する嫌味かしら？」

「いんや？　今となってはそれも含めて六つにすればよかったと思ってるけど、……ま、分からないと思うけど、一応聞くだけ聞いてみようかな……」

彼は、まるで興味もなげにそう言った。

そして、うっかり聞き流してしまいそうな気軽さで、私たちへ問う。

「八咫烏(やたがらす)って、お前らのクラスの誰かだと思ってるんだよね」

「……っ」

私は思わず、空席へと視線を向ける。

それが本当ならば……これは、八咫烏が来るであろうと読んで準備されたもの？

馬鹿馬鹿しいと一蹴……できれば、良かったのだけれど。

「理由は二つ。一つは黒月奏の存在。アイツ、本気出したらお前からC組のキングの座、簡単に奪い取れるだろ？　なのに、それをしない。お前を全面的に信用し、協力してる。……こんなにもクラス内不和が少ないなんてありえねぇ話さ。……黒月を裏で操ってるような化け物が居ない限りは、な」

「……黒月君が、誰かに言われて私に協力してた、っていうのかしら？」

「ありえねーだろ黒月に限って。そんなスパイみたいな真似できるタマかっての」

佐久間君が否定する。……たしかにそうだと私も思った。

「そうだって！　じゃなきゃ、クラスのためにお前や熱原と戦ったりしねーだろうよ！」

「だな。あいつは確かに口数はすくねぇし、何考えてんのか分からない時はある。だが、それでも一生懸命、クラスのためを思って動いていたのは間違いねぇよ。それは、俺より近くで黒月を見てきた朝比奈、てめぇの方がよく分かってるだろ」

言われずとも、私の答えは変わらないわ。

「そうね。悪いけれど新崎君、黒月君からは一切の悪意、害意を感じなかった。彼は誠心誠意、私の味方だったの。……あまり私の友人を悪く言わないで貰えるかしら？」

「あっそ。まあいいよ。信じたくないならこれ以上言う必要もないだろうし」

……もしかして、他にも黒月君を疑う材料があるとでも言うのか。

私は少し気になったけれど、そんな疑念を烏丸君の声が一蹴した。

「聞く耳持たねーぜ新崎！　俺らの仲違い狙ってるんだろーが、一度信じたんなら、最後まで信頼と一緒に心中してやるぜ！　それが友達に対する誠意ってもんだろーが！」

「はいはい。ま、二つ目の理由も一つ目が信じられなきゃ妄想に過ぎないし？　八咫烏云々に関してはもういいよ。本題に入ろう」

新崎君は笑顔で嫌悪を吐き捨てる。

ただ……私は彼の言おうとしていた二つ目に関して心当たりがあった。

それは、八咫烏が新崎君の邪魔をしたということ。

見方を変えれば、私たち自警団に協力したということでもあり。

――わざわざ姿を出してまで、黒月君を助けに現れたということでもある。

たしかに、一つ目の疑念をさらに強める要素だとは思う。

けれど、八咫烏があの場で姿を現したこと。その理由を探ろうとも彼に対する情報はあまりにも少ない。である以上、この推理もあくまで妄想の域を出ないと思う。

「そうね、今日は、八咫烏に関して話し合いに来たんじゃないもの」

私は本題に切り込むべく、持参したプリントを机の上で滑らせる。

新崎君は、自分の下へと滑ってきたプリントを受け取ると、その内容へと目を落とす。

「今回、……大まかに分けて、B組が提案してきたのは七つだったはずよ」

「うん。それは間違いないよ。この紙に書いてあることが全てだ」

私が渡したプリントには、手書きで七項目が書いてある。それは、榊先生から説明されたことのほかに、B組から受け取ったというルール書を読み込み、作成したものだ。
① 三日間のサバイバル

②　場所は学園側で用意する
③　食料は学園側で用意し、その配布以外は持ち込み禁止
④　戦闘不能＝脱落
⑤　リタイアも可能
⑥　相手の全滅で勝利とし、Ｂ組が勝てばＣ組は全員土下座して、そのまま退学
⑦　夜宴（やえん）・八咫烏の特別参加（本人の意思を尊重する）

分かりやすく、簡潔にまとめるのであればこんな感じ。

私は新崎君が読み終わったのを確認し、もう一枚のプリントを滑らせた。

「で、こちらが今回、Ｃ組から出す条件よ」

①　戦闘不能ではなく、特定の箇所に攻撃を受ける＝脱落
②　事前に開催地の資料（地図など）の配布
③　三日間で勝負がつかなかった場合は、クラス代表による戦闘により勝敗を決める。
　　戦闘は本戦同様、特定箇所に攻撃を受けると敗北になる
④　開始地点の自由選択権有り
⑤　トイレやベッドなどが完備されたセーフティゾーン（危害を加えることが出来ない
　　エリア）を配置し、一日に八時間のみ使用することが許されることとする
⑥　意図して悪意のある行為をした者は脱落とする

⑦　C組が勝利した場合、B組は以降、他者へと危害を加える一切を禁じられる

以上、こちらも七つである。

特に、クラスの女子生徒たちから⑤については、絶対にと念押しされている。

……考えてみればそれもそうよね。そこらへんで用を足すとか私も嫌だもの。

と、そうこう考えている間にも、新崎君はそれらを読み進め。

顔を上げた彼は、満面の笑みで口を開いた。

「うん！　全部これでいいよ、この条件でいこっか！」

「…………」

その答えに、思わず拍子抜けする。

おそらくはある程度のいちゃもんはつけてくるだろう……と想定していた手前、準備していた無数の言い訳が無駄になった形だ。

「……いいのか？　悪意のある行動は、即敗北に繋がるぞ」

気が付けば、教室の入口には榊先生の姿がある。

その隣にはB組担任の点在先生の姿もあり、彼女は優しそうな笑顔を浮かべていた。

「でもぉ、それって悪意を持って、意図的に、でなければいいんですよねぇ？　的以外に攻撃を加えたら即失格、なんてのは無しですよぉ？」

しかし、優しそうな笑顔から飛び出してきた悪意。

やはりB組の担任教師……この人もどこか善性のねじが吹っ飛んでいる。

「当たり前だ。的以外の部分に攻撃を受けるのはまだ許容する。だが、意図的に『必要以上の暴力』を行使した場合は即失格に繋がる。そういう条件だろう、朝比奈」

「……ええ。間違いありません」

本来であれば的以外への攻撃は禁止にしたい……と言うのが本音だった。

けれど、それではまともな勝負にはならない。どうやって的に攻撃を当てるか……ではなく、どうやって的以外に攻撃を当てさせるか、という戦いになってしまう。

攻撃する側ではなく、攻撃される側に主体がある以上、決着なんて三日あっても足りないだろう。……少なくとも、私はそんな決着は望まない。

「正々堂々と決着を。それが、今回の私の望みです」

私の言葉を受け、榊先生は新崎へと視線を向ける。

新崎康仁(やすひと)といえば、悪意の塊。そんなことはこの場の全員が分かっている。

だからこその、一瞥(いちべつ)。

けれど、彼はきょとんと首を傾(かし)げて笑っていた。

「望むところですよ。この前、そこのクソ女に負けてから、僕も学びましてね。やるなら、徹底的に。回りくどい手なんて使わず、真正面からた叩(たた)き潰す。……そうでなけりゃ、格の違いってのを思い知らせられないでしょ？」

その瞳の奥に、憎悪が燃えているのは言うまでもないだろう。

「それに、姿を隠して高みの見物決め込んでる八咫烏。……ま、ビビって参加拒否なんてこともあり得るけれど……天下の夜宴が、まさかそんなことしねぇと願ってるよ」

そう言って、彼は立ち上がる。

私たちを見下ろし、変わらぬ笑顔で毒を吐く。

「潰したい奴は二つ。けど、棺は一つだ。まとめて潰して詰めりゃそれでいいのさ」

今度で、まとめて全部終わらせる、という強い覚悟を新崎君から感じる。

されど、私の覚悟も本物よ。

「決着をつけましょう、新崎君。誰の目にも明らかな形で、真正面から貴方を倒すわ」

先延ばしにはしない、この戦いでB組との因縁は断たせてもらうわ。

全身全霊を費やして――真正面から、貴方という悪性を否定する。

私は席を立つと、彼に対して笑みを返す。

「新崎君、今のうちに『ごめんなさい』をする覚悟はしておきなさい」

「はっ、そっちこそ土下座の練習しとけよクソども！」

そして最後の話し合いは終わりを迎え、新たな戦いの火ぶたが切って落とされた。

第二章　古代遺跡

一週間後。――B組との闘争要請（コンフリクト）の当日。

僕は寮の自室から出ると、エレベーターに乗り込む。

その中で、スマホを取り出してメールを確認する。

『夜宴の長（おさ）、雨森悠人（あまもりゆうと）。通称【八咫烏】へと、1年B組から闘争要請（コンフリクト）があります。参加による一切の報酬はありません。受諾しますか？』

これは一週間前、ルールが締結された直後に送られてきたメールだ。

八咫烏の正体に関しては、全身全霊で秘匿を行っている。

僕の正体、それと本来の異能と同じくらいだな。だから、僕の正体や本来の異能も調べられないような奴らじゃ、絶対に八咫烏までたどり着けない。

ま、どこのクラスに在籍してる……くらいは推理が進むかもしれないが、その先には進めないはずだ。だからこそ、このメールの送り主を察するのは非常に容易（たやす）い。

現状、僕の異能を知っているのは榊だけ。

学園側で僕の正体を確信しているのも榊だけ。

である以上、このメールはあの女が送ってきたものだと断言できる。

そもそもこの間話した感じ、学園長すら『雨森悠人は怪しいかもしれない』程度の認識だったしな。僕の存在と八咫烏(やたがらす)を完全に『＝』で結べるのは榊以外にはいないだろう。

問題は、榊は僕の存在を学園長に告げ口していないのか……と言う点だが。

疑わしきは罰する理論で榊を排除してもいいのだが、榊の後釜で変な教師が担任に当たってしまえばそっちの方が面倒くさくなる。なら、僕の正体を察してはいても、現状、何の行動も起こさない榊の方を頭に据えていた方が幾分かマシだ。

「……本当に、暮らしづらい学校だな」

もういっそのこと、面倒になってきたし退学してしまおうか——と、何度思ったか。

学園退学者が行方不明になっている件も、僕であれば対処できるしな。

ただ、退学するにしても確かめなきゃいけないことが残ってるし……。

うーん、ジレンマ。辞めたいのに辞められない。かっ〇えびせんかこの学校。

スマホを仕舞うと、エレベーターが一階に到着する。

僕がそのまま寮から出ると……ふと、長い黒髪が視界の端に映った。

「あら雨森くん！　奇遇ね、こんな朝から一緒になるなんて！」

声の方向へと視線を向ける。

隣の女子寮から、変な女が歩いてくる。

見覚えがない相手だったので、人違いかと僕は無視して歩き出す。

「む、無視はいけないわよ雨森くん！　挨拶はちゃんと目を見て返しなさいってお母さんに教わらなかったのかしら！」

「変な人は無視しなさい、とは教わったかな」

僕がそう言うと、出待ちしていたと思しき彼女——朝比奈嬢は言葉を詰まらせる。

「ぬ、ぐ……っ」

「お前も本当に暇なんだな。僕みたいなのを追いかけて……もしかして変態なのか？」

「へっ、変態なんかじゃないわ！　私は普通にノーマルよ！」

ノーマルな女は普通、男子生徒を出待ちしたりなんかしないと思うけど。

これ以上言い張ってもこいつが自分のストーキングを認めるとは思えないし、僕は色々と諦めて歩き出す。当然のように朝比奈嬢はついてきた。

「それにしてもやっと、私の事を覚えてくれたようね……！」

学校へと向かう中、朝比奈嬢は嬉しそうにそう言った。

さすがに誤魔化すのも限界かと見て、僕はため息交じりに白状することにする。

「……はぁ、誤魔化しきれなかったか」

「ええ！　貴方がわざと私の名前を覚えていないように見せ……」

「実は、顔は覚えたが名前が出てこないんだ」

「……て、い……なかったみたいね。ええ、ごめんなさい。変なこと言ったわ」

落ち込む朝比奈嬢を見て、僕は『大丈夫かこいつ』と内心で少し心配した。

……言っとくけど、変なことを言ってるのは僕の方だぞ、朝比奈嬢。

これだけ話していて未だに名前を覚えられない馬鹿がどこにいるんです。

あなたはもうちょっと、雨森悠人を疑う、ってことを覚えた方がいいと思うわよ。

僕は大きく息を吐くと、話題をあからさまに逸らしていく。

「黒月は……まだ、無理だったな」

「……っ、ええ、そうね」

新崎の野郎にボコられた黒月。

彼についてだが、まだ目が覚める様子はない。

医師が言うには、点在先生の異能で傷は全て復元したものの、あまりの超常現象に脳がついていかず、まだダメージが残っていると錯覚しているらしい。

おそらく、もう一週間か、そこらで目は覚めるだろうとの話だった。

そのため、結局今回は黒月抜きでの闘争になる。

「……黒月君の病欠を喜ぶわけではないのだけれど、向こうも星奈さんが抜けて二十九名。運がいいのか悪いのか、これで戦力差という面では公正になったわね」

黒月の代役を星奈さんが務められるかは別だがな。

というか、星奈さん。大丈夫かな？

最近は『サバイバルが始まったらちゃんとご飯を食べられるかどうかも分からない』という噂が流れており、クラスの中では今のうちに食い溜めておこう、という空気が漂っている。現に星奈さんも昨日見た時は「い、今のうちに、食べておかないと……うっぷ。が、頑張る、のですっ」と食べ物両手に言っていた。

ただ……食べ過ぎも良くないと思いますよ。

いくらサバイバルとはいえ、ルールで学園側が食料を用意してくれるはずだし。

まさか『食料？　必要最低限であれば三日に一食で足りるだろう』なんて意地悪をするはずも……ありそうだな。なんだろう、急に心配になってきた。

ただ、食い溜めしてもあんまり意味はないと思う。

だって、食べたものは出る運命にあるのだから。

なにが、とは言いませんけどね？　察しなさい。

「問題は、八咫烏ね、雨森くん」

ふと、彼女が口にした名前。

それを聞いて、彼女の横顔を見て。

案外、朝比奈嬢は新崎よりもそちらを警戒しているのかもしれない——と感じた。

「八咫烏か。あんな噂を信じていたのか？」

「ええ……私は直接会ったことはないけれど、どうやら蛍さんと、堂島先輩が見たそうなの。蛍さんは……あの時、保健室で。堂島先輩に至っては、戦い……敗北したそうよ。本人は頑（かたく）なに語ろうとしなかった。つまり、そういうことなのでしょう」

なるほど……堂島も今のところは口を閉ざしている、と。

さすがは正義の味方、口の堅さは定評があるね。

そんなことを思いながら、僕はとりあえず話に乗っておくことにした。

「……ああ、保健室の。それなら僕も見たぞ。堂島先輩が入ってくる前、新崎の怒鳴り声で目が覚めて……その時に、黒いローブを羽織った人物が確かにいた」

「それは……！」

朝比奈嬢が、僕の前を塞ぐように移動する。

彼女は驚きや期待など、多くの感情を胸に僕を見る。

その中には……何故（なぜ）か、失望の色もあった。

それはおそらく【八咫烏は雨森悠人なのではないか】という期待からだろう。

……全く、お前は野生の獣か何かなのかな？

倉敷（くらしき）の猫被（ねこかぶ）りもそうだが、朝比奈嬢は完全なる無意識下で、あらゆる『嘘（うそ）』や『隠し事』を見破るようなきらいがある。

まるで、根っからの正義の化身。

星が生み出した、悪を正すための抑止力みたいな女だ。

「……特に、ガタイがいい風には見えなかったが。そうか、堂島先輩が負けたとなれば……かなり手強い相手らしいな。……勝てるのか？」

「……それは、分からないわ。相手の情報が無さすぎる。それに、私も……ここだけの話、まだまだ能力を使いこなせていないのよ」

その言葉に少し目を剝く。……なにそれ、新情報なんですけど。

体育祭での動きから、まだまだ底は知れないと思っていたけれど……まさか、出し惜しみしていたんじゃなくて、単に使いこなせていなかっただけ？

前々から思っていたけど、こいつ、潜在能力も含めれば学園最強格なんじゃないか？

現時点ですらこの強さだ。もしも朝比奈嬢がちゃんとした師の下で数年間訓練を積み重ねれば……下手をすれば僕の足元まで届いてしまうかもしれない。

と言っても足元に届くだけで、負けるつもりは一切無いんだけどね。

「そうか。特に興味もないが……お前より上位の雷使いなんて居たら、少しは勉強になるのかもな」

「え、ええ……おそらく、居ないとは思うけれど。そんな人が居たら自警団に誘いたいくらいよ。あっ、でも安心して？　副団長の座は雨森くんのために空けてあるから！」

「ふざけろ糞ストーカー」

そう言って僕は歩き出す。

彼女は楽しそうに笑って、僕の後をついてくる。

まるで、野生の動物に懐かれたみたいな気分だな……。

そんなことを思いつつ、僕は遠くに見えてきた校舎の様子を窺う。

校舎の前では、超大型バスが一台止まっている。

時刻はまだ朝の七時前だが、既に生徒の姿がちらほらとある。

両クラスとも生徒は交ざっているが、割合的にはB組の方が少し多い気がするな。

そう考えながら歩いていると……ふと、見知った顔があって目に留まる。

腰まで伸びる金髪に、おしゃれなカラーコンタクト。

威風堂々と腕を組み、生徒たちを見据える少女。

――一年B組、四季いろは。

新崎を除けばクラスカースト最上位に位置する少女。かつて、星奈蕾を殴ろうとした現場を僕に止められ、あまつさえ顔面を殴られた哀れな少女でもある。

その綺麗な顔には傷痕は残っておらず、大事にならなくてよかったぁ、としみじみ思っていると……ぴくりと、四季は僕を見つけて肩を震わせた。

「なっ!? ゆ……あ、え、えっと……あ、雨森！ なんでここに居んのよ！」

「いや、僕も一応C組だし……」

僕だって闘争要請が三日もかかるって聞いて、ぶっちゃけ面倒だとは思ったし、何だったら休ませてもらおうかなって頭によぎったクチではある。

だが、今回は相手が相手だし、なんか八咫烏まで呼ばれてるし。

雨森悠人としても、八咫烏としても、新崎とはここできっちり『OHANASHI』しておかないと後々面倒くさそうなんだよね。……なんて本音は言えるわけもなく。

僕は少し考えて、隣の女を指さした。

「いや、こいつが妙にやる気出しちゃって。参加しないと怒られそうだし……」

「なっ!?」

朝比奈嬢が目を見開く。

彼女は僕の肩をがっしり摑むと、思いっきり揺らしてきた。

「な、何を言っているのかしら雨森くん！　今回は雨森くんだってとても好戦的だったじゃないの！　私、雨森くんと初めての共同作戦だって思って楽しみにしてたのよ！」

「えっ、気持ち悪いな。ちょっと触らないで貰えます？」

「雨森くん!?」

顔を顰めて身を引くと、僕らのやり取りを見ていた四季が顔を引き攣らせていた。

「……雨森。もしかしてその変なのと付き合ってるワケ？」

「いや？　こいつはただのストーカーだ。恋人ではない」

「あらそう。……敵だけど忠告しといてあげるわ。付き合う前から初めてだとか共同作業だとか言い始めてる女は大体メンヘラよ。加えてストーカーだなんて手に負えないわ」

「なっ!?」

酷い言われようだった。

さしもの朝比奈嬢も暴言を受け止めきれずに愕然としている。

まったく、なんてことを言うんでしょうね！　女の子に対して失礼しちゃうわ！

さすがに言い過ぎだし、僕も今回ばかりは朝比奈嬢の擁護に回らせてもらおう。

「それは違うぞ四季。こいつは暴言を吐かれても嬉々として寄ってくるド変態だ。一緒にまとめてしまったら、むしろメンヘラの皆さんが可哀想だろう」

「なぁっ!?」

さらに大きな驚きに朝比奈嬢は固まった。

僕がお前の味方をするとでも思ったか？

残念ながらお前はストーカー。僕の日常を脅かす敵だよ。擁護するわけないじゃん。

そんな朝比奈嬢を、四季はド変態を見るような目で蔑んでいた。

「……そんなのがリーダーなんて、C組もお先真っ暗ね」

「否定はしようもないが、新崎だってなかなか酷いだろう？」

「ま、それに関しても否定しようがないわね」

互いに互いのリーダーについて文句を言っていると、やっと朝比奈嬢が再起動した。

「ちょ、ちょっと待って頂戴！　ド変態!?　私のどこがド変態よ！」

「……すまない、自覚、無かったんだな。酷いことを言った、忘れてくれ」

僕が申し訳なさそうにそう言うと、彼女は顔を真っ赤にした。

……っと、朝比奈嬢を弄っているのも一興だが、そろそろ四季とのお話も終わりだな。

こちらに向かって歩いてくる青年の姿が見えて、僕は意識を切り替える。

「あっれー。二対一でなにやっちゃってくれてるわけ？」

黒髪を揺らし、その青年――新崎康仁は僕らの前までやってくる。

こうして前にしてみると、どこにでもいるような好青年……なんだけどなぁ。

この完璧の内側にはどす黒い悪意が渦巻いていると思うと、人の見た目なんて信用ならんと思い知らされる。

「大丈夫よ新崎、アンタの悪口言ってただけだから」

「えー？　それって大丈夫って言えないんじゃないの？　リーダーだよ僕」

堂々と言い放つ四季に笑顔を向けて、新崎は暴言をあっさり流す。

そのまま僕らの方へと視線を向けるが、僕に向けた視線は僅か一瞬。

すぐに朝比奈嬢へと視線が向かった。

「余計な小手先使うなよ、朝比奈霞。僕は真正面から殺すつもりで来てるんだぜ？」

「……当然、正々堂々叩き潰してあげるわ、新崎君。謝罪の練習はお済みかしら？」

先ほどとは一転し、朝比奈嬢も仕事モードに入ってしまう。
そうなれば、もう僕なんて用済みだ。
どんどん他の生徒も集まってきた様子だし、僕はこっそりと三人の傍から離れる。
新崎にとっては、僕は既に倒し終えた雑魚であり。
朝比奈嬢にとっても、戦いになれば二の次以降に収まるクラスメイトだ。
立ち去ろうとする僕を、二人が止めるようなことない。
ただ、それでも一人。
四季いろはだけが、黙って僕のことを目で追っていたのを確認した。

☆☆☆

午前七時三〇分。
僕らC組は、遅れてやってきた教師たちにバスの中へと押し込められた。
そのバスは驚異の七十人乗り。明らかに学園がオーダーメイドしたと思しき特別製だ。
僕らはそのバスに意気揚々と乗り込んだものの……入ってみてびっくりした。
外からは分からなかったが、窓は鉄格子で塞がれている。
その隙間から窓の外を見ることはできるが、扱いはまるで輸送される犯罪者だ。誰がどう感じたって不快に決まっている。

加えて……まあ、これは薄々察してはいたが、僕らに続いて乗車してくるB組生徒たちの姿を見て、これから同じバスで運ばれるのかとちょっと憂鬱になった。

なんせ、あと何時間後には今後の進退をかけて戦う敵なんだ。そんなのと肩を並べてバスに乗れ……って、ちょっと気まずいどころの話ではない。

生徒たちは不満を隠しながらも、C組から後ろの席を占領していく。

一列ほど間隔をあけ、B組生徒が前の方の座席を占領した。

互いに関わりたくない、という空気感が目に見えて膨れ上がり、僕はため息をつく。

そうこうしている内に、バスは動き出す。

鉄格子越しに、窓の外の景色が移り行く。受刑者もこんな気持ちなのかなぁ、と考えていると……ふと、前の方が騒がしくなったのを感じて視線を移動させた。

すると、バスの前方では新崎がきょろきょろとバス内を見渡しているのが見えた。

「あっれー？　せんせー、八咫烏ってこの中にいるわけ？」

……新崎は、C組の中に八咫烏がいることを確信している、って話は聞いている。

その上でああやって騒いでるってことは……なんだか嫌な予感がするな。

「いるんじゃないですかぁ？　私は詳しいことは知らないので何ともー……」

「えぇ？　そしたらC組の榊(さかき)せんせー。アンタなら知ってるワケ？」

新崎は榊を標的にしたようだ。

当然、榊は僕が八咫烏だと知っているはずだ。彼女はその問いの答えを持ってる。

だが、彼女が新崎の問いに誠実であるかどうかは分からなかった。

彼女はちらりと、生徒たちの方を一瞥する。

それっきり返事をすることはなかったが、その反応で新崎は確信を得たようだ。

「なるほどねぇ……混ざってるってわけだ」

榊先生は何も言わず、読んでいた文庫本へと目を落とす。

その際、一瞬だけ僕と目が合った。

『お前なら……まあ、なんとかするだろう』という、無責任な信頼。

そこまで信頼されることとした覚え無いんだけどな……。

まあ、僕の異能と過去を知ってたらそう考えるのが妥当かもしれない。

対する新崎はにやりと笑みを深め、僕らC組の方へと歩いて来る。

「ねぇねぇC組、今の話聞いてたぁ？　聞いてた前提でちょっと提案なんだけどさー」

彼の言葉に朝比奈嬢らが警戒を示す中、新崎は笑みを崩さず言い切った。

「この中に八咫烏は存在する。今から、アイツを探すゲームを始めようぜ」

「論外ね。余裕があるなら一人で遊んでなさい、新崎君」

しかし、朝比奈嬢は彼の提案を即、切って捨てた。

「たしかに八咫烏の正体は気になるわ。けれど、それはどうしても今しなければいけないことかしら？　答えは否よ。負ければ退学、クラスメイト全員の命運がかかっている大事な今、この瞬間にすべきことではないわ。私にそんな余裕はないもの」

その言葉に、クラスがわずかに騒ついた。

「……へーぇ。随分弱気じゃん。僕に勝てる自信無くなっちゃった？」

新崎の言う通り、朝比奈の言葉は弱音のようにも受け取れた。

だが、彼女が弱気になっているわけではないのは、その表情から容易く察せる。

「逆よ新崎君。貴方には確実に勝てるわ。さっきのは、貴方との戦いの最中、八咫烏まで相手に出来る余裕がないって意味。貴方単体であればなんの問題もないわ」

そう言って、朝比奈嬢は立ち上がる。

……新崎より、八咫烏を警戒しているかも、という僕の予感はあっていたのだろう。

朝比奈嬢は新崎の相手を優先しようとしている。

逆に『八咫烏を敵に回せば新崎との決着すら危ぶまれる』と判断しているわけだ。

新崎康仁の目の前まで歩いていくと、彼女は堂々と至近距離で彼を拒絶し直した。

「もう一度答えましょう。暇なら一人で遊んでなさい、新崎康仁」

朝比奈嬢の発言に、新崎は目を見開いて固まっていた。

けれど、すぐに彼の硬直は終わり、再びいつものポーカーフェイスが戻ってくる。

何の感情も読み取れない、薄っぺらい笑顔。

その裏で何を思っているのか知らないが……僕には、彼がどこか嬉しそうに見えた。

「……ふーん。そう。本当に僕に勝つ気でいるんだ」

おそらく新崎康仁の性能は、この学年でも最高格だろう。

二名の例外は存在すれど、彼がこの学年で自らの意思を通していくにあたり、障害となる人物はいても『敵』となる人物は存在していない。

それほどの才覚、それほどの実力。

思えば新崎はどこか退屈だったのかもしれない。

戦う相手全てが自分以下。掲げた勝利は必然で、勝負に一切の危険はなかった。

そんな折に現れた、自分と同格の怪物。

幾度と負けて、幾度と折れて、いつしか自分と立ち並んでいた正義の味方。

もしかして今回、新崎は本当にルールの中で勝負するつもりなのかもしれない。

純粋に朝比奈嬢と性能を比べたいだけなのかもしれない。

……それほどの期待を、彼女に寄せているのかもしれない。

ただ、人の気持ちは分からない。心の内までは計れない。

それでも、もしも。万が一に。

新崎に、『朝比奈霞との真っ向勝負を楽しみたい』なんて気持ちがあるのだとすれば。

「……はっ」

誰にも聞かれぬよう、座席に隠れて鼻で笑った。

……勝負に負けるのは面白くない。

だが、競り甲斐のない相手と戦うのはもっと面白くない。

――だなんて。そんなのは体のいい自己満足だ。

勝負には必ず勝つ必要がある。

どれだけ無様を晒しても、最後に目的を果たせれば後は関係ない、と。

目的は違えず、後ろなんて振り向かず。

確実に自分の意思を通すという、強い覚悟を抱いて投身する。

そうでなければ夢は妄想のまま散って消える。

勝利は摑めず、待っているのは敗北という泥水に溺れて死ぬ末路だけ。

(甘ったれ……とは、言えないけどな)

この考えを強要するつもりはない。

それに、雑魚相手に強さをひけらかす『つまらなさ』も知っている。

勝負を楽しみたい、という気持ちだけは永遠に理解できないだろうが、彼の退屈の一割か二割は理解できているつもりだ。

だから、少しだけ申し訳なくも思っている。

十中八九……いや、僕が動くのなら確実だろうけど、この闘争要請は新崎の思い通りには進まない。というか、誰の思い通りにも進ませるつもりはない。

盤上は僕が描く。

残念ながら、新崎が戦いに楽しさを抱くことはないだろうし。

同じく、朝比奈嬢が新崎康仁に勝利を収めることもない。

参加した全員に同じだけの痛みは背負ってもらう。

そろそろ、C組の生徒たちも強くなってもらわないと困るんでな。

少々荒療治になるが、物理的に自分たちの弱さと向き合ってもらう。

「……雨森、なんか今笑ってなかった？」

隣の席の火芥子さんが、首をかしげて問うてくる。

「気のせいだろ。雨森が笑うところなんて見たことねーし」

「ま、それもそっか。悪いね雨森、変なこと言っちゃって」

何故か前の席から顔を出した烏丸が返事をし、火芥子さんも納得してしまう。

否定も肯定も出来ずに会話が完結してしまい、僕は返しかけた言葉を飲み込む。

「……もしかして僕は馬鹿にされているのだろうか？」

「いやいやいや、雨森のことなんて馬鹿にしたことないって！　あ、でも星奈部長を見る目がマジすぎて『あれヤバいよね』って話はしてたことあるけど」

星奈さんを見る目が……マジすぎる？

彼女の言葉に思わず吹き出し笑う。

オイオイ、冗談よせよ火芥子さん。僕の星奈さんに向ける感情は全部ジョークだぜ？

誰がそこら辺の女子高生を捕まえて心の底から『女神』なんて奉るよ？

まったく、冗談と本音の区別くらいちゃんとつけて欲しいモノだね。

僕は肩を竦めて、彼女の言葉に訂正を挟んだ。

「何を言っている火芥子さん。この気持ちは『マジ』なんて軽い言葉じゃ終わらないよ。きっと、この感情は現存する全ての単語を使っても言い表せな——」

「あー、はいはい、分かった分かった気持ち悪いなぁ」

まるで金平糖を大量に口に詰め込まれたような表情で、火芥子さんは手を振った。

気持ち悪い。鋭い言の葉がガラスの心を深く傷つけた。

僕がどんより肩を落としていると……逆隣にどすんと音を立てて座ってきた奴がいた。

そちらを見ると、朝比奈霞。

僕は視線を逸らしてため息を漏らした。

「はぁ……」

「な、なんで私を見てため息を吐くのかしら！」

先ほどまであれだけ格好いい啖呵を切っていた人物とは思えない落差。

頬を膨らませた彼女は、腕を組み不機嫌そうに僕を睨んでいた。

何でここに来るんだよ……と肘置きに頬杖をついて体を反らす。

「余裕も自信も無いって言ってたろ葦比奈。僕に絡んでないで作戦でも考えてろよ」

「やっぱり話を聞いていなかったようね雨森くん。余裕はなくても自信はあると言ったはずよ。それと私の名前は朝比奈よ雨森くん」

彼女はふくれっ面のまま僕の隣に居座っている。

体を反らしたため必然的に近くに寄ってしまった逆隣の火芥子さんが、「相変わらずだねお二人さん……」と苦笑を浮かべていた。

「相変わらず！　そう、相変わらず過ぎるわ雨森くん！」

「耳元で騒ぐな鬱陶しい……」

火芥子さんの言葉に強烈に反応した朝比奈嬢に、僕は顔を顰めた。

「闘争要請当日なのよ、B組との決着をつける日なのよ！　クラス全員で全力で臨み、乗り越えるべき大きな壁が目の前にあるの！　そ、そりゃあ緊張しすぎるよりはマシでしょうけれど、こんな時まで色惚けている場合じゃないと思うの！」

なるほど、最後のが本音か。

僕は深いため息を漏らし、こちらも本音で対抗することにした。

「悪いが星奈さんへの思いは偽れない。僕は全世界どこであろうとこの想いを止めることはないだろう。悪いな朝御飯(あさごはん)」

「あ、朝御飯って誰よ!?」

僕と朝比奈嬢の会話を聞いて、周囲のクラスメイトたちが椅子の上から顔を出す。

ちゃんとシートベルトして前向いてなさい。危ないでしょう。

「本当にお前らは……。いや、確かに緊張しすぎるよりはマシだけどよ」

「あ、あまっ、雨森くんっ！　さっきから冗談ばっかりです！　わざわざ聞こえるように、いじわるしないでくださいっ！」

前の三人座席から、佐久間(さくま)と星奈さんが顔を出す。

真ん中の席からは、顔は出していないものの烏丸の押し殺した笑い声が聞こえる。

どうして星奈さんと烏丸程度が隣の席なのか……後でたっぷり聞き出さないといけないようだが、それはB組との闘争が終わってからでも遅くはない。

「すまない星奈さん。少し興が乗ってしまった」

「すこし興が乗ったからって、いじわるしていいわけじゃありませんっ！」

ぷんすかと怒る女神様。今日も美しい。

僕はぷっくりと膨らんだ赤い顔を心のカメラで現像していると、その光景を見ていた朝比奈がそれ以上にふくれっ面で僕を睨んでいた。

「……なんだよ」

「いいえ！　なんでもないわよ雨森くん!!」

そう言ってそっぽを向く朝比奈嬢。しかし隣の席から立ち上がる気配はない。

彼女はこちらをチラチラ見ながら、目が合うたびにそっぽを向きなおす。

面倒くさくなったので、僕は彼女を無視して配布された冊子に目を通すことにした。

題は、『対決!?　B組対C組！　闘争要請（コンフリクト）のしおり』。

作者はB組担任である点在（てんざい）ほのか。

彼女は今も相変わらずのほほんとした、気の抜けた女子高生みたいな雰囲気だが、その実態は生徒の不幸は蜜の味、と公言して止（や）まない変態である。

事実、配られた冊子はパッと見は平和そうな学生の絵日記のようだが、書いている内容は色々とえげつない……と、前に文芸部の皆（みんな）が噂（うわさ）していた。

冊子が配布されてから今日で三日経（た）つ。以前に軽く流し見た際は、はらわた、鮮血、脳漿（のうしょう）。それらの単語が目に付いたので、おおよそ碌（ろく）な内容ではないだろう。

……読む気は進まないが、朝比奈嬢の相手をしているよりはまだマシか。

――しかし、僕の受難は終わりそうにない。

懐から小さな冊子を取り出すと……今度は後ろ、座席の隙間から腕が伸びてくる。

そいつは僕のネクタイをがっしり摑むと、楽しそうに後ろで笑っていた。

「雨森くーん、まーた星奈ちゃんと霞ちゃんのことをいじめてるの？　ダメだよ、女の子には優しくしないと。意地悪のやりすぎは、すぐ嫌われちゃうんだからね？」

その声は倉敷だった。いつも通り完璧な猫かぶり状態である。

僕はネクタイを摑んでいるその手を払い落とすと、座席越しに返事する。

「好きな子にはつい意地悪しちゃうだろ？　星奈さんに限って言えばソレだ」

「霞ちゃんの前で『限って言えば』とか言わないのっ」

倉敷の声を受けて隣を見れば、朝比奈嬢はがっくりと項垂れていた。

対する星奈さんは顔を真っ赤にして前の座席へと引っ込んでしまう。いとあはれ。

「というか倉敷さん、一応闘争要請の準備しようとしてるわけだし、邪魔しないでくれ」

お前と話してると、クラスの男子からの視線が痛いんだよ。

ほらご覧？　もう既にいくつか殺意を貰っているよ？

視線だけで殺せるんじゃないかと言う強烈な憎悪と殺意。

それもそのはず、彼らは倉敷に一度、振られている男子たちだった。

——倉敷蛍、誰にでも優しく、愛くるしく、妙に距離感の近しい美少女。

それは『愛想を振りまくのはタダだし、相手の好感度高くて困ることねぇだろ』という打算的な考えから来る行動であったが、彼女は困らなくても周囲の男子はとても困る。

端的に言えば、勘違いしちゃうわけだ。

その結果、困ることはないと思っていた倉敷を待つのは無数の告白地獄。

その頻度、脅威の『週に二回以上』。

この間は三人の男子から一斉に告白されているのも目撃した。

現実にそんなの存在するんだぁ……としみじみ思っていた僕だったが、よく考えれば僕の方にも『とばっちり』はやって来る。

なんてったって、倉敷蛍と一緒にいる時間が一番長い異性——それが雨森悠人だ。

『何でアイツだけ……』

『どうして俺は振られたのに……』

『クッソ！　羨ましい……俺と席替われや雨森！』

目は口程に物を言う——とはよく言ったもので、僕には彼らの嫉妬がよく聞こえた。

……なんでこいつ、あれだけ大勢の男子を振っておいて恨みの一つも向けられないんだろう？　普通、振られた側の男子とか、女子グループとか、そういった面々に恨まれてもおかしくないと思うんだけど。……ホント、こいつの交友範囲と深さは底知れないよ。

「一応と言うか、もっと一生懸命準備してほしいんだけど……っと」

色々考えていると、逆側の座席の隙間からもう一本の腕が生えてきた。

彼女は僕の持っていた資料を奪い取ると、座席の間へと呑み込んでしまう。

僕は思わず後ろの席を振り返ると、タイミングよくドヤ顔の倉敷が立ち上がった。

「しかたない！　ここは小説家志望のこの倉敷蛍が読み聞かせてしんぜよう！」

嫌な予感がする。彼女は僕らの座る前の席へとやってきた。

奴は何の許可もなく可動式の肘置きを動かして座席に収納し、僕と朝比奈嬢の間に無理やり体をねじ込んできやがった。……くっ、柔らかいし良い匂いするし、男子から嫉妬の視線で殺されそうだし……もしやこの野郎、わざとやってやがるな！

僕がさらに体を反らすと、逆隣の火芥子さんがさらに頬を引き攣らせていた。

「すまない……今すぐ席を移動するから、セクハラでは訴えないでくれ、勝てないから」

「いやいや、それは気にしてないんだけどさ……ホント仲良過ぎない、君たち？」

心優しい火芥子さんはそう言ってくれたけど、女子に挟まれるとか僕や火芥子さんは許してもクラスの男子は許してくれないだろう。

僕は席を立ちあがると、通路の補助席を倒してそこに座った。

通路の反対側の席には、残る文芸部が座っている。

間鍋君、井篠、そして天道さん。

……まあ、天道さんの隣ってことで女子に挟まれているのは変わりないんだが、さっきの席よりはマシだろうと結論付けて腕を組んだ。

「もうっ、雨森くん！　そんなに逃げられたらショックだよっ！」

「分かった分かった。そういうスキンシップは違う男子にやってくれ」

僕がそう言うと、倉敷は『ぶー！』と頬を膨らませた。

その可愛らしい反応にクラスの男子たちが頬を緩ませる。だが。

（ケッ、逃げやがったかチキン野郎が。せっかく社会的に殺してやろうと思ったのによ）

そんな本音が透けて見えたため、僕としては欠片の可愛らしさも感じない。

（やめろ倉敷。いくら物理的に敵わないからって、社会的に殺そうとするな）

お前が『雨森くんにセクハラされたっ』とか言って嘘泣きしたら、その時点で僕への信頼は地の底まで埋没するんだから。あと、一緒にC組での人権も失くすかもしれない。

僕は呆れ交じりにアイコンタクト。気のせいか、倉敷の額に青筋が浮かんだ気がした。

（あァ？　誰が、誰に、物理的に勝てねぇって？　頭でも沸いたか鷹の爪野郎）

彼女はにっこり笑う。僕は微笑んで返す。

（お前が、僕に、物理的に勝てないと言ってるんだ。現実を見ろよ二重人格）

黒月の念話こそ無いが、非常に複雑なアイコンタクトでそれぞれの意志が通じ合う。

もしかして……これって両想い？　やったね、お互い相手のことが嫌いみたいだ！

彼女は冊子を握る手をぷるぷる震えさせていた。

（……そのうち、一回ぶっ殺す）

倉敷は笑顔の裏で毒を吐き、僕は無表情の裏で鼻で笑った。

彼女は僕の表情を見て無駄を知る。どうやら僕の社会的抹殺は諦めたようだ。

「まあいいやっ、それじゃ、たぶん読んでない雨森くんに説明していくね？」

倉敷は僕から強奪した資料を手に、今回の闘争要請についてを語っていく。

僕も倉敷との小競り合いをやめて、闘争要請へと頭を切り替える。

「まず、闘争要請の舞台は学園の保有する『地下遺跡』……ってのは知ってるよね」

「……まあ、さすがに噂になってたからな」

地下遺跡でサバイバルってなんだよ、とは思ったけどね。

今回、C組とB組が戦う舞台は、学園敷地内の地下に広がる広大な遺跡になるらしい。

「その広さは、全長で十キロにも及ぶって書いてるね。簡単な地図も載ってるけど、基本的に大広間と通路の組み合わせみたいだね。広間は全長一キロくらいらしいよ」

「……結構本格的な遺跡だな」

日本の地下にそこまで大きな遺跡が発見された……って話は聞いたことが無いけれど、それって場合によっては文化遺産とかに登録されかねないヤツじゃないのか？

「そんな場所で戦っていいもんなのかな」

「ま、いいんじゃない？　ほら、学園所有ってしっかり書いてるしっ」

そう言って彼女が見せてきたページには、確かにそう書いてある。

隣には先ほど倉敷の言っていた地図が記載されていて、その全景をすっと暗記する。

「で、雨森くん、はいこれ！」

そう言って倉敷が手渡してきたのは、はがきサイズの小さな紙だった。

そこには『名前』と『開始地点』とだけ記載項目があり、先ほどの地図を思い出せば、たしか各部屋、各通路に番号が割り振られていた。

「これ、この冊子の最後についてたやつ！　そこに名前と開始地点の番号を記載すれば、開始と同時に【転移】の異能でその場所まで送ってくれるらしいよ！」

「なるほど」

僕は彼女からその紙を受け取ると、胸ポケットからペンを取り出す。

「で、朝稲(あさいな)。C組の開始地点はどうなってる?」

「随分と驚きが無いのね……。あと私の名前は朝比奈よ」

見れば、朝比奈嬢は不審そうに僕のことをじっと見ていた。

……おっと、あまりにもさらっと流しすぎたか。

実は、転移に関しては既に情報を仕入れていたんだ。

思いっきり既知の内容だった手前、いまさら驚いた反応は出来なかったよ。

「この学校のことだ、そういった能力者が一人二人いても不思議じゃない」

「……そういうものかしら。まあ、黒月君も似たようなことができるわけだし……」

そう言いつつも、朝比奈嬢は地図の一点を指さした。

僕は彼女の指定した番号を確認すると、さっと紙に番号を記載する。

第三者に内容を見られないよう紙を折りたたむと、朝比奈嬢も安心したように地図から指を離した。

「ありがとう雨森くん」

「僕でも、開始地点をB組に知られることの危険性くらいは分かるさ」

この闘争要請(コンフリクト)は、相手の位置が分からないからこそ難しさが跳ね上がっている。

新崎(しんざき)から提示されたルールで行くと、生徒各人でランダムな場所に転移し、出会った傍(そば)から戦っていく遭遇戦になるはずだった。ただ、それでは運が介入するということで、C組からは開始地点の選択権をルールに追加記載させてもらった。

だが、その措置を用意したからこそ出来る『裏技』もある。

「そうだよね……。最初から同じ部屋にして、驚いてるところを奇襲するとか。場所的に有利なところに陣取るとか……。相手の場所が分かるってだけで随分と違うもん」

「そうね蛍さん。絶対に相手にこちらの開始地点を悟らせるわけにはいかないわ」

前方を見れば、新崎もこちらの方へ意識を向けている様子。

正々堂々——とはいっても、簡単に居場所がバレるなら気にせず利用するつもりなのだろう。実際、それは情報統制が出来ていなかった側の落ち度だしな。文句はない。

「その紙は、身につけているだけでいいらしいよ。あとは学園側の能力者が自動的に振り分けてくれるみたいだから、提出とかする必要はないみたい」

「つーか雨森、俺らは全員もう記載済みだぞ。今更なにやってんだよ……」

「連絡網組んだはずだよな？　雨森に伝えるやつって誰だっけ？」

前の席から佐久間と烏丸の声が飛ぶ。

隣を見ると、顔を真っ赤にした朝比奈嬢が震えていた。

「わっ、私よ……。で、でも、伝えようにも雨森くん逃げるんだもの！　メールも電話もブロックされてるし、寮の前で待ち構えても、今朝まで全く捕まらなかったんだもの！」

「……とりあえず、朝比奈に雨森への伝言を頼むのは金輪際ナシだな」

佐久間の言葉に、朝比奈嬢ががっくりと肩を落とす。

そんな様子をさらっと無視して、僕は今回の闘争要請、その概要を改めて確認する。

①　三日間のサバイバル
②　場所は学園が保有する地下の古代遺跡
③　食料は開始時に各生徒へと配布。それ以外は持ち込みを禁止
④　互いが身に着けた『的』を攻撃して勝敗を決める。的は学園から支給とする
⑤　リタイアも可能
⑥　相手の全滅で勝利とし、B組が勝てばC組は全員土下座して、そのまま退学とする。
⑦　夜宴・八咫烏の特別参加（本人の意思を尊重する）
C組が勝利した場合、B組は以降、他者へと危害を加える一切を禁じられる

⑧　三日間で勝負がつかなかった場合は、クラス代表による戦闘により勝敗を決める。戦闘は本戦同様、特定箇所に攻撃を受けると敗北になる

⑨　トイレや寝具などが完備されたセーフティゾーン（危害を加えることが出来ないエリア）が配置され、一日に八時間のみ使用することが許されることとする

⑩　意図して悪意のある行為をした者は脱落とする

……ざっとまとめるとこんな感じか。

地図に関してはさっきの一瞥(いちべつ)でほぼ覚えられた。

開始地点についても問題なく記載が済んでいる。

その内容は誰にも見られてはいないし、僕が転移する先は僕しか知らない状態だ。

セーフティゾーン……とやらは、特に重要視はしていない。トイレやお風呂など、C組女子からの強い要望から明確化したルールだったが、あまり意味のない内容だからな。

だって、そもそもこの闘争要請(コンフリクト)はそこまで長引くと思っていないから。

三日？　いいや、僕が参加し、動くんだ。

そんなに長くは取らせない。せいぜい数時間で終わらせるつもりだよ。

だから、覚えておくべきルールは五つでいい。

①　互いが身に着けた『的』を攻撃して勝敗を決める。的は学園から支給とする
②　リタイアも可能
③　相手の全滅で勝利とし、B組が勝てばC組は全員土下座して、そのまま退学とする。
　　C組が勝利した場合、B組は以降、他者へと危害を加える一切を禁じられる
④　夜宴・八咫烏の特別参加（本人の意思を尊重する）
⑤　意図して悪意のある行為をした者は脱落とする

あまり悪意を持たず、的を狙って、敵をせん滅する。
また、八咫烏として自由に動き回っても何の問題もないときた。
……うん、単純で結構。これならルール決めの際に口を出した甲斐があった。
そして同時に、これだけ簡単なら【ルールの裏】も選び放題だ。
朝比奈霞と新崎康仁。
二人は今、真正面から相手を叩き潰すことに固執している。
だから単純なルールにしたし、互いにルールの裏を進むつもりはない。
うん、思う存分好きにすればいいさ。僕も僕で好きにする。
僕は『今回の協力者』へと視線を向けると、そいつも僕をじっと見ていた。

ああ、全ては手はず通りに、なんの想定外もなく進行中だ。
お前は僕に命じられた通りに動け——それでB組は完全に詰む。

僕はそいつから視線を外すと、騒ぐクラスメイトへと視線を戻す。
彼らはこれから来る戦いに緊張を滲ませながらも、いつも通り騒いでいた。
緊張も恐怖も、何もかも。
その思考、無意味だとは言わないが、無駄だとは思う。
彼らがどれだけ備えようとも……僕の筋書きは揺るがないんだから。

☆☆☆

それから二時間もしないで、目的地へと到着した。
バスから出た僕たちは、ほぼ手付かずの森の中へと降り立った。
周囲がほぼ緑で囲まれ、頭上の青空すら木々が覆い隠す。
かろうじてバスが走ってきた轍は残っているが……これ、帰る時はどうするんだろう。
Uターン出来る広さもないし、もしかして後ろ向きのまま轍に沿って帰るんだろうか。
考えたくもない思考が頭を過ったところで、榊の声が聞こえてきた。

「さて、諸君。ここがこれより三日間、君たちが【かくれんぼ】をする舞台だ」

そう言って彼女が指し示したのは、目の前にぽっかりと空いた洞窟の入口だ。

緑一色の中に、不自然に存在する岩石色。

その入口にも多くの草木が伸びていたが、まるで普段から出入りがあるみたいに踏み固められ、今では五、六人がまとめて横並びでも入っていけそうだ。

「な、なんかおっかねぇな……」

隣で烏丸が自分の腕を擦(さす)っている。

ただ、その感想は何も彼一人が抱いているモノではなく、その洞窟の入口を眼(め)にした多くの生徒が似たような表情を浮かべていた。

確かに不気味だし、洞窟の先を見ていると寒気がする。

まるで、入ろうとするもの全てを呑(の)み込む魔物の口……みたいな感じ。

今からあの中に入っていくのだと考えると、なんというか生理的な嫌悪感がある。

「……これは、転移で送られて正解だったな」

僕のつぶやきに反応し、周囲の面々が全員頷(うなず)いた。

「この先はしばらく洞窟が続き、その先に貴様らの戦う舞台である遺跡が広がっている。ルールは既に説明済みなため省くが……一つ、貴様らに追加で知らせておく情報がある」

「えー？　なんですかー。もしかして八咫烏関係だったりしますー？」

入口を覗き込んでいた新崎が間延びした声を返す。

その姿を一瞥した榊は口元を歪めた。

ただしその感情は嫌悪感ではなく――『悦び』だった。

「いいや。この遺跡に居るのはお前たちだけではないという情報さ」


その言葉を聞いた瞬間、勘の鋭い数名が臨戦態勢に入る。

多くのモノが首をかしげる中、彼らは洞窟の入口へと鋭い視線を向けていた。

「……なにか、来るわ」

「バタバタ走ってくる音がするね。……子供？　にしちゃ騒がしいけど」

朝比奈嬢と新崎が呟く。

ざわざわと困惑が広がっていく中――やがて、入口から数匹の【異形】が現れる。

その姿を見て、僕の思考は固まった。

人間離れした緑色の肌。衣服は腰に巻いた布一枚で、凶悪な棍棒を片手に握る。

魔女のようなワシ鼻に、眼光は鋭く。鳩のように白目は赤くて気味が悪い。

身長は小学生とさほど変わらず……その口から吐かれるのは言語未満の怒号だけ。

そんな怪物……生まれて今まで見たこともなかった。

だが、フラッシュバックしたのは体育祭での競技でのこと。

第何種目かは忘れたが……確か、虎という名目で『マンティコア』らしき異形の魔物が姿を現したことがあった。アレを思えば……この状況も幾らか推測が付く。

「ほっ」

一番近くにいた新崎はそれら異形に襲われたが、片手間に拳を打ち込んで無力化する。殺してはいない……ようだな。緑色の小人は地面に転がって呻いている。

「……なんだよ、これ。まるでゴブリンみたいじゃーん」

新崎がそう言って教師を見ると、周囲の生徒が再び騒めき始める。

「ゴブ……えっ？　新崎君、この人たちをご存じなの？　どこの部族の方かしら？」

「人なわけねーだろ。少しはラノベ見ろよ優等生」

当然のようにゴブリンなんて知らない朝比奈嬢を切って捨て、新崎は榊へと詰め寄る。対し、生徒全員の視線を受けた榊は愉悦を崩すことなく説明を始める。

「——この学園では『魔物』という生命体を研究していてな。この遺跡は、試験的にそれら魔物を放牧している場所。俗に言う【ダンジョン】だ。……ああ、殺しても罪には問われないからな。これから先三日間、安心して先住民と上手いことやってくれ」

「ふ、ふざけてやがる……」

体育祭でマンティコアと実際に戦い、その脅威を知っている佐久間が頬を引き攣らせていた。そりゃそうだ、生徒相手ならまだしも……相手は魔物。こっちの命がかかっている以上、『ふざけてる』って言葉も頷ける。

朝比奈嬢はしばらく「ごぶ……ごぶり……？」としばらく首を捻っていたが、現状の異常さ、危険性だけはしっかりと把握していたらしい。咳払いをして再起動する。

「――先生。こんな話はルールにはありませんでした。このような危険地帯に私たちを放り込むというのであれば……今回の闘争要請は無かったことにさせてもらいます」

「あっれぇー、C組ィ。そんなこと、今更通用すると思ってんのかなぁー？」

「情報を後出ししてきたのは学園側だもの。こちらとて、相応の対応はさせてもらっても構わないでしょう」

そう言うと、新崎は肩を竦める。

だが、彼も彼とて、この状況は見聞きに及ばぬものだったらしい。

「でも、僕も賛成だね。ねぇ、榊とか言ったっけ？　ふざけてんの？」

「ふざけてなどいないさ。私たちは大真面目だとも」

新崎の笑顔に、榊先生も表情ひとつ崩さない。

「安心しろ。ここにいる魔物は……全てが最下級に設定してある。一般人でも余裕を持って倒せるレベルだ。貴様たちなら問題なく屠ることが出来るだろう。……それに、万が一に魔物によって命の危機に晒された場合は、即座にこの場所へ強制転移される」

「はぃー。そして、私がちょちょいと、治しちゃう寸法ですー」

榊の言葉を、その後ろからでてきた点在が引き継いだ。

……確かに、彼女の時間操作系の能力にかかればどんな傷でも一発だろう。

だが、それでも納得できるかどうかは別問題。

朝比奈は、榊へと反論しようと口を開きかけて――


「――これは学園の総意と考えろ。逆らえば、即、退学と思え」


情け容赦ない職権乱用に、その言葉を飲み込んだ。

『C組とB組の最終決戦の地、いざ来てみたら魔物がうようよ棲んでいました』……だなんて流石の僕も想定外だったたし、なんなら一度、闘争要請を白紙に戻しても……と思ってたんだがな。そこまで言われると何の反論も出来ない。

「これが……貴方たちのやり方ですか」

「気に入らなければ、学園に反逆してみるか？　やってみるがいい。お前のよく知る堂島や最上生徒会長は、似たようなことをして手も足も出ずに負けたようだが？」

その言葉に、朝比奈嬢は悔し気に唇を噛む。

調べた限り……彼らが負けたというのは真実だ。

ならば、その理由や学園側の戦力を探るまでは大きな行動はできない。

彼女も同意見だったのか、やがて大きな息を吐いて諦めを漏らす。

「……分かりました。では、続きをお願いします」

「あぁ。といっても、これ以上の説明も無いんだがな」

その後に榊からなされた説明も、バス内で確認したルールと同じものだった。

ルールには一切の変更なく……ただ、遺跡内部に多くの魔物が棲んでいるという新情報だけ開示される。そんな新情報なんて聞きたくもなかったんだけどな。

……うん。少し、対応を変えるか。

ちらりとこちらを見た倉敷へ『委員長として動け』とアイコンタクト。

僕はあらかじめ考えていた『あらすじ』を少々書き換える。

……まあ、それなりに手間だが、どうにもできない程ではない。

魔物を殺しても罪に問われないと言うのであれば、まだやりようはある。

むしろ、あらかじめ聞かされていたおかげで大分助かった。

これが開始後に判明していたら、ちょっと面倒なことになっていたかもしれないし。

そうこう考えている内に、榊が例の『的』を配布し始めていた。

「今配っている器具は、セーフティゾーン外では常に着用するよう徹底しろ。まあ、ルールにその文言は無かったが、意図的にこの器具を外して動き回るようでは、こちらとしても失格扱いを取らざるを得ないからな」

「……まあ、当然ですね。的当ての『的』を隠しては勝負になりませんから」

朝比奈嬢が、その的……というか、器具を受け取ってそう漏らす。

配られたのは、ベルトと一体型になった機械で出来た的だった。

それなりの重量があるな……ペットボトル二本分くらいかな。

肩にかけるように装着すると、的は心臓の位置で固定され、動くことはなさそうだ。

これで服装が体育着ならもう少し動きやすかったんだが……体育着は三日分、三着も配布されていないため、ここに居るほぼ全員が制服姿での参加となる。それでも体育着は二着あるため、制服姿でのサバイバルは初日だけ、二日目からは持参した体育着に着替えてのサバイバルになると思うけれど。

「的に攻撃を受ける……あるいは、使用者の身が危険だと判断された場合には、強制的にこちらで転移を行う手はずとなっている。……『的』と呼ぶには少々無骨なのは、使用者の状態を随時確認する機能が搭載されているため、と考えてくれ」

「監視ってわけー？　まぁ、今回は別に狡(ずる)いこととかしないから大丈夫だよ」

腹のあたりに的を装備しつつ、新崎がそう返す。

「……どうだかな。ただ、監視が必要なほど危険な戦いになるとは感じているさ」

そう言って、彼女は闘争要請(コンフリクト)への説明を終える。

彼女がパチンと指を鳴らすと、同時に僕らの足元へと魔法陣が浮かんだ。

これは……転移魔法だろうか。

黒月（くろつき）の扱う転移とは異なるが、C組とB組で魔法陣の形がわずかに違うため、開始地点によって示される内容は異なっているのかもしれない。

しかし……榊（さかき）の異能は転移ではなかったはず。この人数を本当に同時に転移させることができるとは……どうやら、学園側にも厄介な能力者がいるみたいだな。

「こ、れは……っ」

「では、現時刻……午前九時三〇分より、三日間のかくれんぼを開始する」

かくして、僕らの視界は光に包まれる。

わずかな浮遊感。

僕の能力で行う『転移』とは、また少し異なる感覚。

生徒たちから多くの声が上がる中、最後に榊からの声が届いた。

「くれぐれも、死なないように注意しろ。——健闘を祈る」

ややして、奇妙な浮遊感は消失する。

光が止んで周囲を見れば、僕は遺跡の中に立っていた。

転移は……成功だったみたいだな。

かつては街だったのだろうか、人が棲んでいた形跡のある巨大な遺跡。

意味あり気な石柱がまばらに立ち、洞窟の中にもかかわらず、引き込まれた電線に繋がったライトが遺跡内部を明るく照らしていた。

……うん、これなら満足に戦うことが出来そうだ。


周囲からは一緒に転移してきた生徒たちのうめき声が聞こえてくる。

僕は、目の前に立っている男へと視線を向けた。


「…………は？」


その男――新崎康仁は、僕をあり得ないモノを見る目で見つめている。

それもそのはず、この場所は、一年B組の開始地点だ。

おそらく今頃、一年C組はこの場所とは遠く離れた広間に集まっているだろう。

僕は朝比奈嬢からその位置を聞いた上で――全く別な場所を開始地点に選んだ。

「あ、雨森（あまもり）……？　なんでここに――」

新崎は、まだ現状を理解できずに固まっている。

それもそのはず、開始地点はざっと見た限り五十か所以上あった。

その中で、開始地点と奇跡的に被（かぶ）る確率は極めて低い。

……少なくとも相手の開始地点が事前に分かっていなければの話だが。

「ど、どうして……お前がここに居る!?」

新崎の声に、B組の生徒たちが次第に騒ぎ始める。

それらを見渡して……僕は無表情のまま口を開いた。

「今回、B組の情報統制は素晴らしかった。正攻法では情報なんて抜けなかったよ」

朝比奈（あさひな）嬢や倉敷、仮に黒月が居たにしても、情報を探るのは厳しかったはずだ。

それは僕も例外ではない。

お前は一度として開始地点を口には出さなかったし。

クラスメイトも、お前と同様、開始地点の内容は世間話にも上げなかった。

素晴らしい統率能力。その点で言えば、間違いなく橘（たちばな）や朝比奈をも上回るだろう。

――だけど、まだ詰めが甘い。

「……っ!?」

一歩、軽々と新崎の間合いに踏み込んで。

警戒していた新崎の顔面を、なんの躊躇もなく殴り飛ばした。

彼の体は勢いよく石柱へと突っ込んでゆき、数本貫いたところで停止する。

反応……は、かろうじて出来ていたみたいだけど、それも片腕を挟める程度。

見れば、新崎は膝を震わせて立ち上がるところだった。

けれど、防御越しの衝撃に鼻血が溢れ、防御に回した腕はへし折れている。

「…………えっ？」

遅れて、B組の誰かが呟いた。

あの朝比奈霞と並ぶ強者。

魔王、黒月奏すら片手間に倒し、武力、知略の両方に長けた怪物。

B組の絶対的な覇王——新崎康仁。

彼が一方的に殴られたのを目撃し、彼らは完全に思考が停止していた。

……仕留めるのは、容易い。

けれど、実力を見せる以上は口封じをしなければならない。だから、今は見逃そう。どれだけ隙だらけでも、脱落させてしまえば口封じは叶わないからね。

「ぐ、げほっ！　お、お前……！」

ふと思考に浸っていると、新崎の方から恨みがましい声が届く。

背中を強く打ち過ぎたのかな、吐血している新崎の姿が目に映る。

彼はぎろりと僕を睨みながらも、傷の修復に専念している様子だった。

折れた腕も治りかけてる……相変わらずの回復能力だな。少し僕も欲しいくらいだよ。

それに、今の攻撃に反応出来るだなんて、前より強くなったんじゃないか？

素の体術だけならまだしも……異能まで含めれば、堂島以上と見るべきか。

——だけど、その程度だと想定内だ。……残念だよ、新崎康仁。

「ありがとう、新崎。お前は強かった。お前のおかげでC組は成長できたし、朝比奈も強くなれた。本当に、嘘偽りなく感謝している」

「な、にを……」

なぁ、新崎康仁。

お前はよくやったよ。

朝比奈嬢を追い詰め、一度は倒し。

その果てに、全力を尽くして敗れ去った。

朝比奈霞を前に、万策尽くしてなお負けた。


「端的に言うよ。お前はもう用済みだ」

「——ッ、随分と、舐めた口を……！」

僕の言葉に、憎悪が新崎の瞳に宿る。

……ん？　そこまで酷いことを言ったつもりはないんだけどな。

あ、もしかして言い方が悪かったかな。

ごめんごめん。そんなつもりはなかったんだ。

僕は誤解を解きたくて、新崎に一生懸命弁明する。

「正しく言えば。新崎康仁という、名前だけはまだ必要だ。その脅威は未だC組の中に残っている。ただ、新崎。今の朝比奈を倒すには、お前ではあまりにも弱すぎる」

お前は確かに、強くなったと思うよ。

最初に手を合わせたときと比べれば、びっくりしちゃう成長速度だ。

けど、それはどこまでいっても想定内。

新崎は結局、僕の想定を超えて成長できなかった。

それに対し、朝比奈はかつて僕の想定を超え、体育祭で新崎をも超えて見せた。

結果を残せなかった者と、期待を超えて結果を残した者。

……この両者には、もう、覆せないだけの差が広がっていると思うんだ。

一度も想定を超えられなかった者と、一度でも想定を超えた者。

なら、僕は後者を信頼するし、その実績を尊重する。

彼女ならきっと新崎康仁より強いのだろう――と。

それくらいの信頼なら、今の彼女には預けられる。

――けれど、お前には一切、信頼できるような価値が無い。

手抜きの僕に勝った程度で、僕を警戒対象から排除した。
黒月に勝っただけで、本来の目的である『殺害』をし損ねた。
それでも使った小手先で、朝比奈霞に大敗した。
この瞬間に至るまで、八咫烏の正体にたどり着けなかった。

……うん、お前のどこを、どう評価すればいいのだろうか？
分からない。分からないよ、新崎康仁。
せめて、お前がこの時点で僕の想定を超えて成長していたのなら……。
そんな希望を胸に、お前を試しに殴ってみた。
けど、結果は期待外れだ。
お前は最後まで、僕の想定を超えられなかった。
「……本当に、残念だよ。新崎康仁」
お前なら、あるいは……と、心のどこかで思っていたんだけどな。

どうやら、僕に人を見る目はないらしい。
「……さっきから、聞いてりゃ何を言ってんだよ。雑魚の分際でさ」
その言葉には、もはや憎悪しかない。
僕が長々と思考していた間に、彼の傷は既に癒えていた。
新崎は大地を蹴り飛ばし、迫る。
その動作に一切の手加減は感じられない。
神帝の加護を全力で行使しての、攻勢。
握り締めた拳から殺意が滲み、僕の元まで届く。
新崎の発する威圧感に、思わず肩が震えた。
これをまともに喰らったら、さしもの僕でもちょっと痛そうだ。
そう感じたので。
僕はその拳を、真正面から受け止めることにした。

「僕はね、無駄なことが嫌いなんだ」

驚き、目を見張る新崎の顎を蹴り上げる。
今度は、新崎も一切の反応が出来なかった。

悲鳴もなく、彼の体は上空へと吹き飛んで行く。

思った以上にモロに入ってしまったので、大丈夫かな、と心配して転移で追う。

更に上へと一瞬で移動した僕は、彼の腹へとかかと落としを叩き込んだ。

彼の器具は腹に装着してある。

これが直撃していれば試合終了なわけだが――。

新崎の体は、凄まじい勢いで地面へと突き刺さる。

B組の中から悲鳴が響く中、僕は音もなく着地した。

新崎の墜落場所付近で、砂煙が舞い上がっている。

僕は目を細め、その中をじっと見据えた。

「――直前で、反応したか」

……残念ながら、機械を蹴るような感覚は、脚には残っていなかった。

結論を出して間もなく、砂煙の中から無数の刃が姿を現す。

全部で……三十近いか。それらは一斉に僕へと襲い掛かってくるが、特に速度も精細さも警戒するほどじゃなかったため、弾き、摘み、逸らし、躱して凌ぎ切る。

そうこうしていると、砂塵は止んで、傷だらけの新崎が姿を現した。

「はっ、はは、はははははは！　なんだ、なんだよ雨森！　黒月の言ってた奴はお前だったのかよ！　想定外だけど納得できた……黒幕はお前かァ、雨森悠人！」

「黒幕？　そんな安っぽいモノになったつもりはないが」

無表情でそう告げるけど、彼の確信はもう揺るがない。

「黒月が黒幕っていうのは、元々なんだか違和感があったんだよ！　けど、お前が黒幕って言うなら全て納得できる！　不思議だよなァ、驚くくらい疑ってねぇんだから！」

「……ああ、そう」

やっぱり、天才の理屈はちょっと僕には分からないな。

理屈より先に直感で判断し、その判断が最善の形を連れてくる——そういう類の天才が居ることは知っている。身近にも朝比奈とかいう変態が居るからな。

だが、理解はできても納得はできない。

どうやったら『直感』なんて不確定なものを信じられるのか、僕には分からないから。

でも、僕の分からないことを平然と通すから、奴らは『天才』と呼ばれるんだろう。

彼らはいつだって、直感的に正解を叩き出す。

何の迷いもなく、ただ天才だから、って理由で全て片付ける。

何の思考もなく、ただ直感に身を任せて直進する。

——そして、僕みたいな凡才に足を掬われるんだ。

新崎は嬉しそうに笑っている。

まるで謎解きの答えが分かった子供のような喜びを浮かべ。

まるで新しい玩具を与えられた子供のように楽し気な笑顔で。

狂気満面に殺意を流し――はたと、何かを思い出し、その表情が固まった。

……ああ、気づいたか。

彼の様子に苦笑する僕をよそに、焦った様子の新崎は周囲をぐるりと見渡した。

僕らの周囲には、B組の生徒たちが集まっている。

この空間には、星奈蕾を除いた二十九名、全員が揃っているはずだった。

――そうさ、本来であれば、そのはずだった。

「最初の疑問を忘れているな。どうして、僕がこの場所に来られたと思う？」

「……っ!?」

僕の言葉を聞いて間もなく、新崎は一人足りないことに気が付いた。

本来いるべきB組二十九名。それが、この場には二十八名しか存在していない。

「ま、まさか……っ」

僕がこの場所に来られた理由。

そんなもんは簡単だ。

【雨森悠人はB組の内部に内通者を作っていたから】

そして、この場に居ない人物こそが、僕と繋がっている内通者だ。

「そ、それだけは、あり得ないだろ！　どうやってアイツを手懐けた……ッ!?」

「なに、少しお話しただけだよ」

彼女と話したのは確か……お前と最初に戦った直後だったな。

僕は予定通り、その少女へと接触した。

あの時は、僕のことを入院させてくれて非常に助かったよ。

入院中は校則も一切適用されない。

僕はお前のおかげで、思う存分彼女の説得に集中できたんだ。


「四季いろは」


ぼそりと、新崎が漏らした名前を聞いて、僕は笑った。

かつて、星奈蕾を虐めていた少女。

僕に殴られ、僕を恨んで止まなかったあの少女。

……さすがの天才も、まさかアイツが裏切るとは思ってもいなかったはずだ。

だから狙った。彼女こそがお前にとっての弱点だと思ったから。

「なまじ直感が秀でているから、お前たちはいつも考えが足りてない。思考なく本能に従い、獣のように駆け抜けるのが天才ならば、僕は一生凡人のままでいいよ」

ぎろりと、新崎が僕を睨む。

おそらくここに来て初めて――新崎康仁は僕を『敵』として認識した。

どろりとした憎悪が零れる。されど、その笑顔には一片の陰りもない。

「はっ、最高だね！　最高の気分だよ雨森！」

最低最悪、塵糞みたいな感情を、新崎は『最高』と吐き捨てた。

「どうやって裏切らせたかは知らないけどさ、だから何だって話だよね！　お前も朝比奈も、八咫烏とか言う奴も！　みんなみんな、僕の気分を、正義を害する奴は徹底的に潰してやる！　ただ、それに一人追加になったってだけだろ、雨森ィ！」

「――そうか」

僕は短く答えて、異能を解放する。

右腕から黒い霧が溢れ、拳を握る。

「傷は癒えたな。さて、言い訳の余地なく叩き潰される覚悟は出来てるか？」

「わざわざ長話して、回復待っててくれたワケ？　優しいじゃん雨森！」

新崎はゴキリと首を鳴らす。

同時に、周囲のB組生徒たちも臨戦態勢に入った。

二十八対一。随分と戦力差が広がってしまったが、特に問題はない。

全員まとめて叩き潰して、格の違いを教えるだけだ。

悪いが、この後に朝比奈嬢への対処もあるんでな。

あまり時間をかけずに、あっさりと。

その上で徹底的に、お前らに敗北を教えてやる。

「徹底的に潰す。かかってこい、一年B組」

――かくれんぼ、開始から数分。

既に、B組との決着はすぐそこまで迫っていた。

☆☆☆

その光景を、少し離れた場所でその少女は見つめている。

長い金髪を指先で弄り、どこか楽し気に彼女は微笑んでいた。

「さて。それじゃ、悠人のあらすじ通り動きましょうか」

その少女――四季いろはは一人呟く。

やがて彼女はその少年から視線を外すと、C組の開始地点へと歩き出す。

数週間前の、雨森悠人との出会いを思い出しながら。

第三章　不出来な恋慕

「四季いろはを、夜宴(やえん)に入れる」

雨森悠人が、新崎康仁に敗北した日の数日前。

まだ彼らが、新崎や四季と出会う前のこと。

無表情の少年は、自分の借り受けた教室で倉敷(くらしき)、黒月の両名にそう告げた。

「………はぁ？　お前、何言ってんの？」

「四季いろはだ、と言ったんだ。次の夜宴メンバーはそいつにする」

雨森悠人の唐突な発言に、倉敷も、黒月も思考がついて行かない。

倉敷が『頭がイカれたか』と顔をゆがめる中、黒月は顎に手を当てて考え込む。

「四季いろは……ですか。聞き覚えが無いんですが、他クラスの生徒ですよね」

「B組の生徒だな。金髪にカラコン入れた高圧的な女子生徒、典型的なギャルって感じだよ。しかもクラスカースト最上位……マジで頭沸いたんじゃねぇか？」

「なるほど……。雨森さん、本当にそんな人を呼び込むんですか……？」

二人に頭を疑われ、雨森は肩を竦(すく)めて反応した。

四季いろはは、B組のクラスカースト最上位。

Ｃ組における朝比奈がＢ組にとっての新崎だとすれば、佐久間(さくま)の立場に居るのは間違いなく四季だ。実質、あのクラスを牛耳っている存在と言ってもおかしくは無い。

「黒月の言う通りだ。あの女、見たところよほどの狡猾(こうかつ)と見たぜ。軽い気持ちで勧誘しようってんならやめた方がいい。絶対に足を掬われる」

倉敷は数度、友人作りにＢ組へと足を運んだ時があった。その時の四季は自らの周りをがっしりと『取り巻き』で固め、他人からの干渉を防いでいるように見えた。

誰とでも友達になれる、と豪語していた倉敷でさえ、難攻不落の城を攻略している気分だったのだ。加えて狡猾でプライド高いとなると、雨森の手に負える相手ではない。

彼女の話を聞いた黒月も、そんな人物が雨森に靡(なび)くとは思えなかった。

絶対にやめた方がいい、確実に失敗する。

それこそが二人の共通認識だった。

だが、二人の反対を前に雨森は一切動じる素振りがない。

「お前ら二人が『絶対に不可能』と口を揃えるか。なら、尚更(なおさら)だな」

「……まあ、本当にそこに繋がりを通せれば……控えめに言って最強だと思うけどよ」

仮に、万が一、本当に雨森が四季を手懐けることができたなら、確かにＢ組に対しての最強の矛になり得るだろう。……まあ、全て『仮定』の話ではあるが。

事実、四季いろはその性格からも、新崎から一定の信頼を受けている。

そんな信頼の一角を切り崩せたのなら、形勢は一気にこちらへ傾く。

絶対に疑われない存在。雨森が目をつけるには十分すぎる相手だった。

「つーか、この間A組とやり合ったばっかだろ……もうB組と喧嘩する気かよ、お前」

「……逆に聞くが、倉敷。B組と『仲良くできる』とお前は感じたか？」

「……いや。C組とB組は相性最悪、どっちも互いを認められない、って感じだろうな」

苦々しく顔を歪めて倉敷は答える。

答えている途中で、雨森の言いたいことはよく分かってしまったから。

──一年B組には虐められている生徒がいる。

そして、それを一年C組の『正義の味方』は絶対に認めない。

それが全ての答えであり、遠からずC組とB組が対立するであろう根拠だ。

「それに、虐められているのは僕が所属する部活の部長様だ。部員として、部長が虐められているのを放っておくわけにはいかない。──そうとでも言えば納得するか？」

肩を竦めてそう告げる雨森に、倉敷と黒月は少し驚きを見せる。

「雨森さんらしくない綺麗事ですね……。でも、嘘っぽくはない気がします」

「……だな。マジで言ってやがるぜこの野郎。朝比奈が動かずともお前がその解決に動くってか？……ったく、どっちにしろ敵対することになるんじゃねぇか」

部長云々……と言うのは、嘘くさいと二人は感じた。

けれど、朝比奈が動かなければ自分で動く、というのはおそらく本当だ。

雨森悠人は珍しく、柄にもなく、人助けをしようとしている。

彼の無表情もどこか優し気に見え、それを見た黒月は、はたと思い至る。

「あっ、もしかして雨森さん！　その人って女の子ですか！」

「……ッ!?」

衝撃。ガツンと殴られたような驚きが倉敷を襲う。

しかし、考えてみれば当然だった。

どこか『雨森悠人は普通の人間ではない』と感じていたから、そういった特別な感情とは分けて判断していた。……だが、いくら変わっていても雨森は年頃の男子高校生だ。

可愛くて可哀想な女の子がいれば、手を差し伸べちゃうのも納得できる。

倉敷はにやりと顔を歪めると、ススス と雨森の傍へと寄った。

「おいおい、色恋沙汰なら早く言えよ。恋愛マスターが助言してやらんでもねぇぜ？」

つんつんと肘で突っついてくる倉敷を、雨森は鬱陶しそうに手で払う。

「……誰とも付き合ったことのない小娘を恋愛マスターとは呼ばない」

「はっ、私に釣り合う好条件が居なかっただけの話だろ、告白された回数は最強だぜ？」

「教えてやるよ、そういうのを耳年増って言うんだ」

そう言っても、にたにたと笑顔を止めない倉敷。

彼女の表情を見て色々と諦めた雨森は、最初の話へと流れを戻す。

「とにかく、B組と敵対する前提で、四季いろはには内通者になってもらう。どう動かすかは……臨機応変としか言えないが、後々に絶対に必要になってくる人物だ」

「おいおい、色恋沙汰はいいが、刃傷沙汰は勘弁だぜ？　手ぇ出しまくって後ろから刺されるとか、つい笑っちまいそうになるから勘弁してくれよ」

まだ笑う倉敷を無視し、雨森は逆に彼女へ問うた。

この先の話を聞けば、きっとその笑みも消えるだろうと内心思いながら。

「問題は奴の持つ能力だ。倉敷、何か情報は持ってるか？」

「四季の能力……？　たしか、【占い】とかなんとか――っておい、まさか」

倉敷は言っている途中で何かに気が付き、目を見開く。

彼女はよく知っていた――意図的に異能を偽る人間が居ることを。

そして察しの通り、四季いろはは自身の異能を偽っている。

その能力があまりに異質で――なにより悪質だったから、彼女はその公言を控えた。

「【嘘王の戯れ】。学園内では唯一無二の『思考誘導』の能力者だ」

思考誘導――想像していたよりもずっと強力な能力だったということに二人は驚き。

そして、雨森が当然のように生徒の異能を把握していることに、また驚いた。

「……思考誘導とかマジかよ。ってお前、他生徒の異能まで把握してんのか……？」

「名前も顔も知りませんが……もう一人の協力者は、余程有能な方のようですね」

二人の言葉に、雨森は無表情で頷いた。

「今はまだ『嘘を見抜いて自分の言葉を信じ込ませる』程度だが、鍛えれば、完全な思考誘導すら可能になるだろう。交渉場においてこれに勝る能力はない」

Ｂ組には他にも、新崎の『神帝の加護』、星奈の『星詠の加護』等、脅威はある。

だが、星奈蕾は敵ではない。新崎の能力も強力ではあるが、同じく敵ではない。

である以上、雨森は最も『イレギュラー』が起こる可能性の高い四季こそ、Ｂ組での一番の警戒対象と認識していた。そして同時に、そんな四季さえどうにかしてしまえば、Ｂ組との戦いで苦戦する要素は一つもないと考えている。

（……まあ、そこら辺のＢ組の情報を出すつもりはないが）

悩まし気に顔を歪める二人を見て、雨森は内心で呟く。

夜宴は協力関係ではあるが、依存関係ではないのだ。

誰かが情報収集に秀でている、なら思考停止でその情報を信じよう。

――そんな腑抜けた人物であれば、雨森は絶対に仲間へと引き入れない。

今、自分が持っている情報くらい、片手間に探ってもらわないと困る。

そういう思いで、『意地悪』を二人に強いた。

仮に聞かれたところで、彼は嘘で固めた『知らんぷり』を通すだろう。

そして二人も当然のようにそれを理解していたから、顔を歪めていた。

(……この野郎、マジで一度ぶん殴ってやろうか)

(全部知ってて、その上で試してる感じですか……)

拳を握って震える倉敷と、あとで試しに聞いてみようかと考える黒月。

だが、雨森の話を聞いて四季を仲間に引き入れる提案は『アリ』かとも思っていた。

聞く限り、放置しておくには四季いろははあまりに危険すぎる。

今はまだ問題ないが、いずれ成長すれば間違いなく手が付けられなくなる。

下手をすれば、雨森悠人ですら手が付けられない怪物になり果てるだろう。

なら、『思考誘導』は多少無茶をしても味方に引き入れる必要がある。

こちらの保身のため。そして、敵への切り札として使うため。

「なるほど……てめぇの真意は理解したぜ。だが、どうやって落とす？　人の嘘まで分かっちまうって聞いて、私はさっきよりも『無理』だと判断したぜ」

「あぁ。だから……四季いろはの勧誘に関しては、僕がやる」

彼の言葉に、「どーせ私がやることになるんだろ」と策略をめぐらせていた倉敷は、驚いて雨森のことを二度見する。

「お、お前……強がりは止せよ。お前みたいなコミュ障に何が出来んだよ」

「……真剣な顔でそう言うな。少し傷つくだろ」

雨森はそう言って、座っていた椅子から立ち上がる。

窓の外へと視線を向けた青年は——どこか遠くを見て言葉を重ねた。

「それに、現状何もできないのなら、そうできる状況を作ればいい」

「……作、る……だと？」

意味の分からない物言いに、思わず問い返した倉敷。

彼女の問いに雨森悠人は振り返る。——その目を見て、倉敷はゾッと背筋を震わせた。

その瞳はいつになく冷たい光を灯していて。

霧道を排除した時と似たような匂いを、彼女は敏感に感じ取った。

「雨森さん、一体何をするつもりですか……？」

同じく、今の雨森から嫌な気配を感じた黒月。

しかし、黒月の問いに雨森は答える素振りもない。

教えるつもりが無いのだ。そう察した二人は嫌でも理解してしまう。

——彼は間違いなく、【悪】を為そうとしているのだと。

それがどれほどの規模なのかは分からない。
想像すらできない。
それでも、目を背けたくなるほど残酷で。
背筋が冷たくなるほど凄惨で。
誰もが指をさし、悪と断ずるような、道徳に反することを為すつもりだ。
「雨森、てめぇは――」
倉敷が何とか絞り出した言葉に。
彼は相変わらずの無表情で歩き出し、教室を出る。
「今回は、僕が動く。お前たちは何も気にせず過ごせばいい」
そう告げて、彼の姿は霧に消えた。
きっと彼は、確たる未来を見据えている。
そしてその未来は、予告通りに的中するのだろう。
雨森悠人は、そういう異能でも持っているかのように高次元で思考を重ねる。
あまりこういう言い方は好きではないが――と倉敷は。
『あの男の言う通りに動けば、最後には勝っているのだろう』と。
思考停止こそが最善ではないかと、時々嫌でも考えてしまう。
「……ホントに、嫌な奴」

その背中を見送り、彼女はぼそりと漏らす。
そして、一人の少女を救うため、犠牲となるもう一人の少女のことを考えた。
四季いろは。いけ好かないし、騒々しい女だとは思っていたが。
——あの雨森悠人に目を付けられるだなんて、可哀想だなぁ、と。
他人事として雨森を見送った時点で、自分も悪なのだろうと苦笑する。

そしてその数日後、二クラス合同の体育で、雨森は四季を殴り飛ばした。
その光景に、倉敷と黒月は驚きつつも、納得を示す。
『これで、もっと二人の繋がりはあり得なくなった』から。
四季は自分を殴った雨森のことを、心の底から憎悪している。
その姿は、その感情は、嘘ではない。
おそらく雨森は、その時点まで四季に対してなんの接触もしていなかった。
だからこその、四季が発した疑う余地のない怒り。
それを見せられれば、雨森と四季の不仲は『真実』として周囲の生徒たちに刻まれる。
二人は仲が悪い、四季が雨森に向ける感情は怒り以外にあり得ない。
そう、見せつけるかのように雨森は演じた。
その上で新崎康仁に敗北し、入院生活へと逃れて見せた。

――きっと、そこからが彼の『あらすじ』の本番だ。

まんまと学園生活から逃れ。

ありえないはずの、四季いろはとの『繋がり』を構築する。

自分に対して憎悪を向ける、赤の他人。

絶対に不可能と誰もが考えるそれを、雨森悠人はいとも簡単に通すのだ。

一学生として友人、恋人を作るのは難しくとも。

人心を掌握し、支配するのは苦手ではない。

まして、相手が『壊してもいい人間』であれば、尚更。

雨森悠人は『悪』として、平然と他人の人生を踏み潰すだろう。

☆☆☆

「……ったく、ほんっとにイライラするわね……！」

C組とB組による合同体育があった数日後。

ゴールデンウィーク前日の放課後。

誰もいなくなった教室で、四季いろはは荒れていた。

彼女の鼻には大きな絆創膏が貼られており、彼女はズキズキとした痛みに顔を顰め、窓の外へと視線を向ける。

腹の底に溜まった怒りは発散する先を見失い。

苛立たし気に貧乏ゆすりをしながら、爪を噛んだ。

彼女がこうも苛立っている理由は、一つは雨森悠人に殴られたから。

そしてもう一つは——得体のしれないパフォーマンスに利用された気がしたから。


四季いろはは、賢かった。

いや、慎重と言った方がいいかもしれない。

新崎という規格外により一斉に一整されたB組において。

それでも膝を屈することなく、虎視眈々と在り続けた。

それはひとえに、新崎康仁へ一切の信頼を寄せていないから。

新崎康仁は控えめに言っても怪物だが。

それ以上が現れるかもしれない。

新崎康仁が負けるかもしれない。

そしてそうなった時、全てを新崎に依存しているB組は崩壊する。

そうなってしまえばお終いだ。

この学園生活が終わってしまう。

異能もあり、金もあり、友もいる。

幸せな今が終わってしまう。

それだけは、絶対に嫌だ。

嫌だからこそ、新崎康仁には依存しない。

B組内部において、四季いろはだけは独自の意志と意見で動いていた。

そして、雨森に殴られて目を醒まして。

彼が公衆の面前で自分を殴ったという事実に、怒りと、強烈な違和感を覚えた。

『雨森悠人は、そんな目立つ行動をする男なのか？』

脳裏を過った疑問。

四季は独自に他クラスへと探りも入れていた。

当然、C組の情報もそれなりに仕入れてきたが……雨森悠人、という名前はあまり印象には残っていなかった。というのも、情報はどれも「雨森悠人を虐めていた霧道走が退学した」だとか「雨森を打ち破った熱原を黒月が倒した」だとか、彼の情報が入っていたにしても、彼自身の名前よりも目立つ何者かが常に存在していたからだ。

事実、四季としても雨森悠人は『目立たないモブ』として考えていた。

だからこそ、今日の大立ち回りに違和感を覚えた。

（ありえないでしょ……ただのモブが、他のクラスの女子に手ぇ上げるだなんて。よっぽど頭がおかしい奴（やつ）か、あるいは……その行動自体になにか意味があったに決まってる）

四季はそう考えた。

まず、頭がおかしい奴……というのはあり得ないと切り捨てる。

いきなり他クラスの女子を殴るようなイカれ具合だ。普段からそれくらいイカれていたのなら、間違いなくそう言った情報が四季の耳にも入ってくるはずだ。でもそれは無い。

であれば、雨森悠人は正常だ。その上で自分を殴り飛ばした。

というわけで、後者の疑惑が濃くなってくる。

雨森悠人が四季いろはを殴る——という行為が一種のパフォーマンスだった。

その行為自体に意味があり、雨森が四季に嫌われる、という流れが必要だった。

……そんな疑念が、日に日に彼女の中で膨れ上がっている。

雨森悠人は星奈（ほしな）蕾（つぼみ）と同じ部活に参加していると噂（うわさ）に聞いたし、虐めの現場を目撃した雨森悠人が憤りに任せて暴力を——という線も、一瞬だけ頭には浮かんだ。

けれど、自分を見下ろした雨森悠人の瞳を思い出し、その考えも苦笑と共に消えた。

「……憤り？　んな感情どこにあったってのよ。あれは……そう、そんなんじゃない」

あれはまるで——道端に転がるゴミを見下ろすような、そんな瞳だった。

間違っても、情に流されて咄嗟（とっさ）に行動した男のモノでは、ない。そう確信があった。

だから、考えれば考えるほど最初の結論に戻ってしまう。
当然、こんなことを考えているのは殴られた四季だけだ。
怒りはある、絶対に許さないとあの男を恨んでいる。
それでも、この怒りは本物なのか？　と慎重な自分が叫んでいる。
意図的に仕組まれたものなんじゃないか？
本当に、雨森悠人は新崎康仁に負けたのか？
「……もう、帰ろうかしら」
果ては、『雨森悠人は新崎康仁よりも強いのでは？』なんて考えが浮かび。
よっぽど疲れているのだろうと、四季は自分に対し苦笑する。
……ぐだぐだと、考えなくてもいいのかもしれない。
自分は少し、慎重になり過ぎているのかもしれない。
この怒りは本物で、雨森は星奈を守るために行動した善人かもしれない。
そう割り切れば、悩むことなんてこれっぽっちもない。
背負っていた重荷は下ろせた。なら、あとは気にしなくていいじゃない。
そう考えると、少しだけ気が楽になった。
自分が抱えるのは、雨森悠人への憎悪だけでいい。それ以外は不要なのだと。
そう割り切って、四季は席から立ち上がる。

部活に行くような気分でもなくて、彼女は寮へと直帰しようと歩き出す。

教室を出る。

彼女は、廊下の先へと視線を向けた。

——そこには、見覚えのない上級生が立っていた。

「四季いろは、だな」

「……え」

胸元の緑色のネクタイは、二年生であることの証明だ。

見上げるほど大きく、筋骨隆々とした男子生徒。

そんな、まったく知らない赤の他人に名を呼ばれ、彼女は固まる。

その反応を肯定と受け取ったか、その生徒はパチリと指を鳴らした。


——その瞬間、彼女の視界が黒く染まった。


「…………はっ？」

一瞬、視力が無くなったのかと錯覚した。

まるで『目が悪くなった』ような感覚だった。けれど、すぐに違うと理解する。

見えなくなったのではない——暗くなったのだ。

明るい場所から、一気に暗い場所へと移動したため、一時的に視力が利かなかった。

でも、どうして？　どうやって？

さっきまで教室前の廊下に居たのに……私は今、どこにいるの？

「な、なに!?　なんなのよこれ……っ！」

四季いろはは、恐怖を感じて叫ぶ。

すると声が反響して、すぐに返って来るのが分かった。

おそらく、小さな屋内なのだろう。

その理解が、更に四季の焦りを加速させる。

「も、もしかして、瞬間移動……!?」

予想は浮かんだ。けれど、確信は持てなかった。

瞬間移動なんて強力な能力……この学園において有り得るのかも分からなかったから。

だって、最強の異能力者の一端である、朝比奈霞(あさひなかすみ)、新崎康仁でさえ、そこまでの速度は出せない。あくまでも速いだけ、力が強いだけ。それほど圧倒的な力を持ってはいない。

「で、でも、どうして――」

「ほう、自分がどんな立場にあるか、理解出来ぬ様子だ」

四季の声に、先ほどの男子生徒の声が返ってきた。

暗闇の中から、その男が姿を現す。

その頃になって、少しずつ四季の視力も回復してきた。

うっすらと見える。恐らくは……体育館に付属した倉庫内だろう。

暗くて、埃臭くて、居るだけで気が滅入ってくるような小さな倉庫。

その倉庫内に、四季いろはと、その男子生徒は立っていた。

「こんな場所に連れてきてどういうつもり!? わ、私は、二年生と関わりなんて……」

「無いな。だからこそ、俺たちを恨んでくれていいぜ。お前は何も悪くない。ただ、B組が傍迷惑なだけなんだから」

「……は？ 俺、たち？……ッ!?」

四季いろはが首を傾げると、暗がりの中から多くの生徒が姿を現した。

さっきまでは、いなかったはずなのに。

いつの間にか、彼女は二年生の生徒たちに囲まれていた。

彼ら彼女らは殺意や警戒を瞳に宿して四季いろはを囲んでいる。

それは、一学生である四季にとっては絶望が過ぎる光景だった。

「な……なんのつもりよ！ 私は何もしていない、私は悪くな……ぐふっ!?」

「うるせぇなァ、ちょっと黙れよ」

喚いた瞬間、男子生徒の拳が四季の腹を打ち抜いた。

あまりの威力に、彼女は地面へと頽れ、胃の中身をぶちまける。

汚い吐瀉物が体育倉庫を汚し、男子生徒は蹲る四季の頭を踏みつけた。

「喚くなよ鬱陶しい。テメェはただの人質だ。それ以上もそれ以下の価値もねぇ。そして、同時に人質を嬲っちゃいけねぇ、って決まりもねぇ。……言ってること分かるか？」

「ぐ、ぅ、っ……な、んで、どうして！」

四季いろはは叫んだ。

目の前の絶望をなんとかしようと。

痛みを、悲しみを、不安を恐怖を、かき消そうと。

これは間違いだ、これは夢だ。

そんな感情を言葉に乗せて、叫びを上げて。


「新崎康仁。あの男は危険すぎる」


その言葉を聞いた瞬間、四季の中で何かが悲鳴をあげた。

「…………はぁ？」

「俺たちの学年には、【能力鑑定】って能力者が居てな。お前たちを順々に品定めして行ったんだが……その中でも、あの男は別格だった。朝比奈霞とやらもなかなかだったが、あの男はさらにその上を行く。……遠くないうちに、あの男は一年を締めるだろう。そうなった時……四季いろは。てめぇの能力は邪魔でしかねぇんだよ」

突きつけられた言葉、その事実。

それを理解ができないわけじゃない。

純粋に、理解したくなかった。

だって、理解してしまえば。

自分を守ってくれるはずの存在が、この痛みの理由だと知ってしまえば。

もう、何を信じて何を疑えばいいかも、分からなくなりそうだから。

「……ッ、う、嘘よ、嘘よ！　そんなこと！」

嘘じゃない、本当だ。そう異能は告げている。

けれど彼女はそう叫ぶ。能力に反して本能に従った。

「うるせぇな、囀るなってんのが分からねぇのか？」

男子生徒の蹴りが、四季の顔面を捉える。

雨森に殴られた鼻が悲鳴をあげて、真っ赤な鮮血が噴き上がる。

彼女の体は大きく吹き飛ばされ、木製の柱へ背中を強く叩きつける。

「が、はぁ……！」

「ねぇねぇ、このガキ、もう面倒だから殺しちゃわなーい？」

近くにいた一人の女子生徒が声を上げる。

その言葉に、痛みと恐怖と絶望で、四季はどうにかなってしまいそうだった。

「今のうちに写真撮っちゃってさー。そんでもって殺しちゃうのよ。新崎とかいう一年生にはその写真送って、人質、ってことにすればいいでしょう？」

「ひ、ひぃ!?」

「ほーら、監禁してるだけでも面倒でしょ？」

女子生徒の上靴が、四季の顔面を蹴りつける。

決して強い蹴りではなかった。

だが、傷をえぐられたような痛みが走り、四季は地面をのたうち回る。

「私の能力は【激痛再来】……かつて感じた痛みを再現する能力。どうやら、最近になってかなりの痛みを負ってたみたいね。あー、かわいそ。今、楽にしてあげるからねぇー」

「おい、勝手に動くな。誰も殺せとは言っていない」

女子生徒が懐からナイフを取り出して。

それを、暗闇の中から誰かが制した。

それは、明らかに大人の声だった。

「せ、先生ですか!?　こ、こんなの校則違反です！　早くこの人たちを止めて下さい!!」

四季は、その声に希望を見いだした。

この学生たちは、ダメだ。

新崎康仁という脅威に心が折れている。

真正面から戦わず、搦め手や人質などを取る事でしか戦おうとしていない。

いくら言葉を弄しても、最初から心が折れているのなら意味が無い。

それは、【嘘王の戯れ】でも明らかだった。

(こいつら……ほとんど嘘は言ってない！　殺す気だった！　私を殺す気でナイフを持ってた！　止められてなかったら殺されてた！)

唯一の嘘は、新崎康仁が最大の敵だと言ったこと。

おそらくは、新崎以上の何者かを見つけたのだろう。

その対応はどうしたのか？　その存在は危険じゃなかったのかもしれないし、既に、他の生徒たちが向かっているのかもしれない。

でもそんなこと、今は問題じゃない。

今優先すべきことは、目の前に迫っている死を回避することだ。

「先生！　先生――」

「おい、そのガキを黙らせろ」

彼女は必死になって声を上げるが。

暗闇の中からは、聞きたくもない返事があった。

すぐさま身体中に激痛が走り、男子生徒の右足が四季の腹部を蹴りあげる。

「げ、は……っ、げほっ、ごがっ……」

「……これだから頭の悪い子供は。教師がなんの利益もなく、こんな狂った学校で働いているとでも思っているのかね？」

「な、に……を！」

朦朧とする意識の中で、四季は問う。

対して返ってきたのは、最悪の答えだった。

「我々はね、学園から【何でもひとつ、好きな能力を得られる】権利を得ているのだよ」

その言葉に、四季いろはは絶句した。

「な……！」

「心躍るだろう？　それに、この学園は、敷地内において全てが完結している。暮らす分に不十分は一切ない。加えて、学園より給料として多額の金額と、各々が【加護】の力を授かっている。……だが、力も権力も金もある。そんな楽園にも落とし穴があってな。退学を一定数出してしまえば、その全てが奪われてしまうのだ」

男の声は、不安に揺れていた。

「我が生徒たちは、控えめに言っても優れている。だが……新崎康仁。あの男は格が違う。

アレを見逃すわけには行かない。まして、あの男に貴様のような能力者がついているとなれば……無論、片方を消す他あるまいよ」

「……！……っ」

恐怖に、四季の体が震える。

この教師も……ダメだ。

いや、この感じだと、学園の教師陣全てが腐敗している。

力を与え、権力を与え、金を与え。

その上で、それらの与奪権は学園長が持っている。

なれば、教師陣はどんな手を使ってでも生徒たちの味方をするだろう。

なにせ、自分を構成する社会的要素のほぼ全てを人質として取られているのだから。

「お前については、新崎康仁へと伝えておこう。助けたければ、能力を弱体化させたうえでここへと来るように……とな。配下さえいなければ、あの男など無力なのだから」

そして、と。

暗闇の中から、男性教諭は楽しく笑った。

「お前は新崎康仁が助けに来るまで、暗闇の中で殴られ蹴られ嬲られ抉(えぐ)られ刺され焼かれ穿(うが)たれイカれて狂い果てるまで、人質として絶望の限りを味わってもらう」

「い……っ」

既に、四季からは悲鳴も出ない。
絶望に膝が震える。痛みのあまり目眩がする。
現実は決して変わらず。
そしてきっと、助けも来ない。
だって相手は、新崎康仁なのだから。
あの男は絶対に、四季いろはを助けに来ない。
「さぁ、四季いろは。お前は何か月持つだろう？」
その言葉が、悪夢の始まりだった。

☆☆☆

殴れ蹴られ、暴力の果てに訪れたのは、孤独だった。
嵐は去ったが、現状は何も変わらない。
両腕は太いロープによって、木の柱に縛り付けられている。
頬は腫れ、床は血に染まっている。
今生きていられるのは、ひとえに手加減されていたから、だろう。
「う、っ……なんで、なんでこんな目に……！」

目を閉じれば、先ほどまでの光景が焼き付いている。
暴力、暴力、暴力。
痛みが無かった時はない。
遠慮なんてこれっぽっちも感じなかった。
容姿に優れた彼女に対する配慮はなく。
顔も、腹も、後遺症なんて関係なく殴り、蹴る。
四季は思わず目を開いた。
瞼を閉じれば、思い出してしまいそうで。
暴力の嵐を忘れたくて、彼女は目を閉じるのをやめた。
それに、あまりの痛みで逆に意識がハッキリしている。
周囲には、壁まで見通せないほどの暗闇が広がっている。
……もう、ここに連れてこられてどれだけ経っただろう？
ここに居れば居るほど、時間の感覚すら薄れてくる。
それに痛くても、辛くても、お腹は減る。
彼女の腹の虫が鳴く。
腹が減った、喉が渇いた、身体中が痛くて痛くて堪らない。
「だ、誰か、誰かいないの……！」

両足をモゾモゾと動かしながら、声を上げる。

されど、反応はない。

誰の気配も感じない。

誰も居ない。

ただ、暗闇だけが広がっている。

「水……ご飯っ、と、トイレも！　誰か……誰かっ」

誰にも声は届かない。

いや、届いていて、嘲笑っているのかもしれない。

喉も渇き、腹を鳴らして、小便も漏らしそうになっている自分の姿を。

彼らは今も、姿を隠して笑っているのかもしれない。

だとしたら腹の底が熱くなるようで……それ以上に、今の自分が情けなくって。

(こ、こんな力……欲しくなかった！　私にも……私にも、力があれば！　戦えるだけの力があれば……っ！)

心の底から溢れ出た願望も、どこにも届きやしないのだ。

彼女には彼女の力があって。

彼女には、それ以外の力はない。

自分に出来ることは限られる。

それが、異能を与えられ、彼女が初めて気がついた『学園の残酷さ』であった。
「あ、あぁ、あ、あああああああ！」
限界を迎え、足元に黄色い水溜まりが広がっていく。
既に彼女のプライドはズタボロだった。
心身ともに傷つけられ、彼女の心に暗い影が落ちる。
それでも、僅かな希望を見いだしていた。
（わ、私の……私の力なら……きっと！）
彼女の力は、嘘王の戯れ。
他人の嘘を見破り。
そして、自身の言葉を信じやすくさせる力。
正確に言えば――【他者の好感度を稼ぎやすくする力】。
加えて、彼女は自分の容姿にも自信があった。
殴られても、蹴られても、我慢してやる。
話し続けてやる。
どれだけ醜態を晒しても、惚れさせればこちらの勝ちだ。
そして、いつか、きっと――。
四季は歯を食いしばり、暗闇を睨みつける。

「絶対に、後悔させてやる……！」

彼女は、次に来るであろう暴力の嵐へ想いを馳せる。

――されど、いつまで待っても『その時』は来ないのであった。

☆☆☆

どれだけの時間が経っただろうか。

既に時間の感覚は四季いろはの中にはなかった。

まだ、一日程度かもしれない。

はたまた、数週間が経っているのかもしれない。

瞼を開けても閉じても暗闇しか映らない。

でも、瞼を閉じれば痛みと恐怖が蘇るから、眠ることもできない。

彼女は恐怖を噛みしめ、暗闇に対峙し続けた。

それでも眠気が限界を迎え、幾度か気絶するように眠りに落ちて。

その度に、恐怖を思い出して悲鳴と共に目を醒ます。

そして、暗闇の向こうへと声をかけた。

助けてよ、何でもするから、誰かいないの、と。

けれど返事はない。暗闇の向こうには誰の気配もない。
彼女は唇を噛みしめて、再び暗闇と対峙する。
そんなことを繰り返していれば、時間の間隔など薄れて当然だ。
どれだけ起きていたかも記憶が無い。どれだけ眠っていたかも分からない。
未知は恐怖となって彼女の体を侵食する。
「誰か……誰か、いないの？」
何度目の問いかけだったか。
既に、彼女の中に怨嗟の感情は消えかけていた。
ただ、寂しかった、不安だった。
誰でもいい、姿を見せて欲しい。
誰かと話したい。
なんでもいいから、罵倒でもいいから声が聞きたい。
――でないと、心が壊れてしまう。
暗闇が彼女の心を蝕み続ける。
暴力よりも、なによりも。
残酷で、強力な恐怖、それが孤独だ。
彼女の頬を、涙が伝う。

嗚咽が漏れる。

「お願い……します。見ているのなら、笑ってくれていいから……もう、暴力でも、なんでも……受け入れるから。だから……だからっ」

悲鳴が倉庫内に響き渡る。

だから、誰か助けてよ――って。

そう、言いかけた彼女に対して。


――コツリと、初めて足音が返った。


その音に、四季は咄嗟に反応ができない。

誰も居ない、誰も来ないと思ってた。

そこに現れた『音』に、彼女は固まり……それでも、すぐに顔を上げる。

そして、そこに立っていた少年を見て……目を見開いた。

だって、その少年は、自分の敵だったのだから。

「……あ、雨森……？」

「大丈夫か？　四季いろは」

驚いた四季の言葉に、雨森は淡々と声を返した。

その声に、その表情に、一切の感情を感じない。

だけど、怒りと殺意と憎悪と……様々な感情に晒され、孤独の限りを味わって、その果てに感じた彼の声は、どこか優しげに感じた。

「ど、どうしてここに……？」

「お前が捕まっていると、新崎の話が聞こえた。だから、様子を見に来たんだ。新崎がお前を助ける素振りはなさそうなんでな」

彼の言葉に、絶望……よりも、歓喜を感じてしまう。

助けは来ないということよりも。

孤独死してしまいそうで、今にも壊れてしまいそうで。

悲鳴をあげていた心が、彼と話すことで癒されてしまうから。

だから、悔しさや苦しさではなく、喜びだけがそこにはあった。

「……アンタは、助けてくれないの？」

ふと、飛び出した言葉に四季自身も驚いた。

助けてくれるはずがない、だって、雨森悠人は敵なのだから。

だから、こんな自分を嘲笑うためにここに来たのだ。

（そもそも……先に、星奈さんを傷つけたのは私じゃない！）

星奈蕾をクラスの最底辺に位置付ける。

それが、他でもない新崎康仁の決定だった。
だから必死になってそれに倣った。
おそらく新崎には狙いがあったのだろう。星奈蕾を虐めるだけの理由があった。
けれど、それを四季は知らなかった。その上で、思考を放棄し命令に従った。
……たとえそれが自分の身を守るためだと言っても……言い訳にしかならない。
だって自分が、雨森悠人の大切な人を傷つけたことには変わりないのだから。
そんな酷い奴、助けられなくて当然だ。
彼女は心の中で結論付けて、顔を俯かせる。
そんな彼女の頭を、雨森は優しく撫でた。
「馬鹿を言うな。僕はお前を助けるためにここに来たんだ」
「……っ！」
思いもしていなかった、彼の言葉。
声が出るより先に、涙が溢れた。
だってそれは、一片の曇りなき本心だったから。
嚙み殺していた嗚咽が、一気に漏れる。
顔を俯かせ、肩を震わせ泣く四季を、雨森は優しく抱きしめた。
彼はとても、優しかった。

「敵だとか、そういうことは関係なしだ。僕はお前が心配だった。だから来た。……知ってるだろ。僕は守りたいと思う奴のためになら、どんな事でもしでかす男だ」

「う、ん……っ、知っ、てる。わよ……っ」

なにせこの男は、一人の少女を助けるためB組へと喧嘩を売ったのだから。この男の言葉は信頼出来る。この男は、守りたいと思った人のためならどんなことだってする。

何故か、四季は心の底からそう思った。

それは、孤独が故の思考放棄だったのかもしれない。

でも、それでいいと思った。

だってこの人は、私を助けに来てくれたんだから。

「ただ……すまない。今、この周辺には尋常じゃない警戒網が敷かれていてな。これを打破し、お前を助けるまでには……もう少し時間がかかる」

「……分かった。……でも、あなたはどうやって――」

不思議に思った四季は、顔を上げる。

警戒網が敷かれているのなら、どうやってこの男はこの場所までやってこられたのか。

そんな疑問が頭に浮かんで……ふっと、雨森の人差し指が四季の唇へと触れた。

「これは秘密なんだがな……。僕の能力は【変身】。一度見た相手に姿を変えることが出来る力だ。たまたま見つけた見張りの一人に変身し、ここまでやってきたんだ」

「な、なるほど……便利な力ね」

四季は、少し照れて早口で言った。

久しぶりに触れた温もり、誰かの前で泣きじゃくった恥ずかしさ。

そして、誰かと話すことが出来た嬉しさ。

色々な感情が相まって、彼女の頬が赤く染まる。

（こ、ここが、暗くて助かったわ……）

こんな顔、誰かに見せられれっこない。

彼女は咄嗟に視線を逸らして……ふと、地面へと目がいった。

そして、声にならない悲鳴が漏れた。

「……っ！　あ、雨森！　お願い、下は見ないで……っ！」

彼女の足元には、多くの汚物が溜まっていた。

黄色い水溜まりが床にシミを作り、強烈な臭いが鼻を突く。

四季は大きな悲鳴をあげる。それは、拉致されてから最も大きな悲鳴だったろう。乙女としての譲れぬ一線、自分の汚物、吐物など、同級生の男子には見せられない。だけど。

「ん？　ああ、これか。恥じることじゃないだろ。お前は頑張った」

雨森悠人は眉ひとつ動かすことなく、背負っていたバッグから雑巾を取りだした。

彼は手早く汚物を片付け、床を拭く。

自分の出したものを同級生に掃除させていると思うと、四季はとても恥ずかしくなったけれど……なぜだか、無性に嬉しくって、頬が火照った。

「あ、……あ、あり、がと」

「気にするな。……あぁ、一応、水と食料も持ってきたんだ」

彼は、バッグの中よりペットボトルと、小さなおにぎりを取りだした。

その存在に、四季の目の色が変わる。それは空腹や喉の渇きのせいもあるが、自分の汚物から話題をそらせると思ったからだ。

「う、うん！　食べたい！　喉が渇いてしょうがないの……」

「分かった。落ち着け、今飲ませる」

そう言うと、雨森はペットボトルを四季の口へと近づけてくる。

彼は水を飲みやすいよう、少しずつペットボトルを傾けてくれる。その一挙一動にも優しさを感じて、四季の胸の中には、水が染み込むように歓喜が広がってゆく。

その後も、気恥ずかしさを覚えながらおにぎりを食べさせてもらった四季は、立ち上がった雨森を見上げた。

「……すまない。今すぐにでもお前を救ってやりたいが」

「分かってるわ。今の状況じゃ、どうしようもないんでしょ？　安心してちょうだい、あなたが助けてくれるまで、何年だって耐えてやるわよ！」

気が付けば、四季の心に余裕が生まれていた。

彼の優しさはまるで麻薬で。

一緒に居るだけで、話しているだけで、辛さを忘れられる。

「それに、また来てくれるんでしょ……？」

「当たり前だ。僕は、お前を見捨てない」

「……っ、そ、そう！　な、なら、いいわっ」

彼女は恥ずかしさに顔を背ける。

その光景に、雨森悠人は笑った気がした。

「あぁ、また来る。待っていてくれ」

驚いて彼を見るも、既に彼は無表情へと戻っていた。

でも、また来てくれると言ったことが嬉しくて。

彼の笑顔が見られなかったのがなんだか心残りで。

「うん、待ってる。待ってるから……！」

四季いろはは、笑顔で叫んだ。

ありったけの喜びを、言葉に込めて。

☆☆☆

それからも、雨森(あまもり)悠人は度々やってきた。
一日周期か、それともう少し長い周期だったかもしれない。
相変わらず、雨森悠人以外には誰も来ない。
暗闇の中は孤独で、冷たくて、垂れ流す汚物が気持ち悪くて。
でも、大丈夫だった。
だって、雨森悠人が居るから。
彼は来る度、四季いろはへと優しさをくれた。
水を飲ませてくれた、汚いものだって嫌がらずに片付けてくれた。
優しく撫でてくれた、声をかけてくれた。
――彼だけはずっと、味方で居てくれた。
四季は、いつの間にか彼のことばかり考えるようになっていた。
新崎康仁(やすひと)の事など、とうに頭にはなかったと思う。
次はいつやって来るだろう。
次はどんなことを話そう。
次も頭を撫でてくれるだろうか。
次こそは、笑顔を見せてくれるだろうか。

彼女は不遇でも、幸せだった。
こんなにも大きな幸せは、今までに感じたことも無い。
青春が退屈に思うほど充実していて。
彼女の心は癒されていて。

——だからこそ。

雨森悠人が来ない日が続いて、心が震えた。
どうして、なんで、見捨てられた？
そんな不安——なんて、これっぽっちも無かった。
あったのは、雨森悠人への心配だけだった。
なにか、あったんじゃないか。
ここまで来るのに、捕まってしまったんじゃないか。
はたまた、新崎康仁に絡まれているんじゃないか。
様々な不安が頭を過り、募り、心に再び影が差す。
最初の絶望なんて、比じゃないくらいに。
彼のことで頭がいっぱいで、どうにかなってしまいそうだった。

なんで、どうして。
どうして私は、彼の役に立てないの。
私が彼に、どれだけ救われたか。
今度は私が、彼を助けたいのに。
彼が望むなら、なんだってやってやる。
彼の恩に報いるため……なんかじゃない。
ただ、私がやりたいのだ。
彼の役に立ちたい。
そうすればきっと、私は彼の隣に居られるから。
また、頭を撫でてもらえる。
抱きしめてもらえる。
笑顔を向けてもらえるかもしれない。
そこまで考えて……彼女は理解した。
「……あぁ、私は、あの人のことが好きなんだ」
理解した瞬間、彼女の中で何かが晴れた。
否、壊れたと言ってもいいかもしれない。
既に不安はなく、心配だけが心に残る。

自分がどうなったって構わない。
――ただ、雨森悠人が無事であれば、それでいい。
彼女は瞼を閉ざし、大きく息を吐く。
もう、瞼の裏に恐怖はない。
目を閉じても、彼女の心を占めるのは彼に対する想いだけ。
……ここを出て、雨森悠人に会いに行こう。彼女は決意し目を開く。
助けられるだけじゃダメなんだ。
助けなきゃいけない、自分が、あの人を。
そしてそのために、私ができることは。
そこまで考えて――ふと、彼女は気がついた。
遠くから聞こえてきた、『喧騒』に。
「……？　な、なにが……」
その喧騒は、徐々に大きくなっていく。
まるで、男たちが殴り合いをしているような。
戦争でも起きたような凄まじい轟音に、剣戟の音に、破壊音に。
彼女は体を竦めるが……すぐに、その音はピタリと止んだ。
「………？」

不思議に思って、彼女は音の方へと視線を向ける。

そして——再びの破壊音と共に、眩い光が倉庫へと入り込んだ。

彼女は久しぶりに感じた光を前に、驚いて目を閉じる。

でも、覚えのある【優しい匂い】に、体を硬直させた。


「悪い、少しだけ……遅くなった」


目が痛むのも気にせずに、四季いろはは目を見開いた。

霞む視界で前を見据える。

倉庫の入口は木っ端微塵に砕かれていた。

外から溢れ出す光は優しくて……その光を背に、一人の少年が立っている。

身体中に傷を残して。

満身創痍になりながら、自分の方へと歩いてくる。

「あ、あま、もり……っ」

「……なかなか、退ける気配が見当たらなくて。仕方ないから、全員倒した」

彼はそう言いながら、四季の拘束を解いた。

その体はいつになく儚げで、光に照らされた彼の体は血だらけだった。

四季は、拘束が解けた瞬間、雨森悠人の体を強く、強く抱き締める。

「よかった、よかったよぉ……無事で、無事でいてくれて！」

「……僕も、なんとか助けられて……本当に良かった」

雨森もまた、四季の体を抱きしめ返す。

外から差し込む光が、二人を照らす。

四季の心の中を喜びと安堵と恥ずかしさと、様々な感情が包み込み、彼女は雨森悠人の優しい匂いを、おなかいっぱいに吸い込んだ。

そして、幸せそうに微笑んだ。

（私はやっぱり、この人が好きだ）

私を助けてくれた人。

私に優しくしてくれた人。

私のために、命をかけてくれた人。

この人のためになら、なんだってやってやる。

彼がやれと言うのなら、人だって殺す。

彼のためになるのなら、神様だって騙して見せる。

彼の役に立つのなら、今この場で死んだって構わない。

それほどまでに雨森悠人が愛おしい。

狂おしいほどに、彼が好きだ。

愛している、心の底から。

「……悠人。世界中の誰より、あなたが大好きよ」

かくして四季いろはは、雨森悠人に恋をした。

☆☆☆

それが、この闘争要請（コンフリクト）の前日譚（たん）。

体育祭の少し前、ゴールデンウィークに私が経験した物語。

倉庫から出てみれば、それはほんの五日間の出来事だった。

もっと長かったような気がしたのだけれど……不思議なこともあったものよね。

それともう一つ、私を攫（さら）ったクラスも特定することは出来なかったわ。

悠人にボコボコにされて逃げ帰ったらしいけれど、私は暗闇の中、彼らの顔を見ることは出来なかった。唯一、私を最初に拉致した男子生徒の顔は見た……はずなのだけれど、なぜか私はその生徒の顔を忘れてしまっていた。

印象に残らない異能を使っていた……とも考えられるけど、まあ、忘れてしまったものはしょうがないと私は割り切る。私には悠人さえいればいい。他の男子なんて興味の欠片もないわけだし、私はこれからも悠人のことだけを考えて生きていければそれでいい。

……我ながら、よくもまぁこんなに好きになったモノだと苦笑したいけれど。

どれだけ言葉を重ねようとも、この気持ちに嘘はない。

今の私にとって、悠人以外のすべては些事だもの。

『ごきげんようC組の二人！　四季いろはよ！　今日から悠人目当てで入団するわ！』

私は悠人と一緒に居たかったから、彼の所属する『夜宴』に入った。

メンバーである倉敷、黒月の二人は顎が外れるほど驚いていたけれど……まあ、この状況をちょっと前の私に聞かせても絶対に信じなかったと思う。

当然、他の連中も同様に、私と悠人が繋がっていることは考えもしないだろう。

仮に言ったところで、冗談だろうと流すに決まってる。

だからこそ、私でも悠人の役に立てるんじゃないかと、嬉しかった。

『四季、お前には今後、今まで通りに動いてもらいたい』

『分かったわ！』

悠人から言われたのは、それだけだった。

私は全身全霊で彼の願いに応えた。

ゴールデンウィーク明け、新崎は私に何も言わなかった。

私が捕まっていたこと、私が今、こうして学校に通っていること。

一切触れなかったから、私も新崎にその話はしなかった。

一度でもその話をしてしまえば、『今まで通り』ではなくなってしまう。

だから私は、徹底して【四季いろは】を通した。

……まあ、悠人の名を挙げられたときは、その、ちょっとね。ほんのちょっとだけ動揺しちゃったりもしたけれど、バレなかったから結果オーライよね。

「今頃、悠人は何考えてるのかしらね」

きっと、今頃は新崎と戦っている頃……だと思う。

私はその場にはいないから、想像することしかできないけれど。

不思議と、彼に対する心配は、今は無い。

あの時は死んじゃうんじゃないかってくらい心配していたのに。

彼を知れば知るほど、私が心配出来るような人間じゃないのだと身に染みた。

――控えめに言って、雨森悠人は最強なのだ。

あの人が負けることはあり得ない。

まあ、私の目の前で一度新崎に負けているわけだけど、それもきっと、理由があっての敗北なのだと私は思う。あの人は優しくてカッコよくて、それ以上に合理的だから、意味のないことなんて絶対にしない。

だから——きっと、助けたのも意味があるのよね、悠人。

私は、後方を振り返る。

……認めたくはないけれど、新崎のことは嫌いではない。

多少なりとも恩は感じているし、B組の中で彼を嫌う人間はいないだろう。

そんな人物を裏切ることに……多少、思うところはあるわ。

——けどね、新崎。

アンタには悪いけど、私は彼に尽くす今がこれ以上ないくらい幸せなの。

後にも先にも、私が大切に思うのはあの人だけ。

私は世界中を敵に回したとしても、必ずあの人の隣に立ち続ける。

そのためになら、どんなことだってやってみせる。

——たとえ、あの人の全てが【嘘】で出来ていたとしても。

私の愛は、もう揺るがない。

彼がどれだけ私に隠し事をしていたとしても。

私たちの始まりに、嘘しかなかったとしても。

全てを笑って受け止めて、私は彼を愛すだけ。
それ以上も、それ以下もない。
彼の意志に殉ずる。
それが、今の私の生き方なの。

……ま、全部終わったら謝ってやるわよ、新崎。
だから、さっさと降参しちゃいなさい。
アンタじゃ、どう足掻いてもその人には勝てないだろうから、さ。

☆☆☆

以前も言ったが、僕は面倒なことは嫌いだ。
嫌なことは嫌だと言うし。
面倒なことは極力手早く済ませるタイプだ。
長引かせない。
終わらせることができると確信した時。
確実に、息の根を止める。

そういう人間だ。

「はっ」

気の抜けた声と共に、回し蹴りが新崎の顔面へと吸い込まれた。

その体は水平に吹き飛んでゆき、僕は息一つ乱すことなく着地する。

顔面から引かれた鮮血が弧を描く。

新崎は空中で体勢を整えて着地すると、荒い息を吐いて……それでも笑顔を見せた。

「は、はは……とんだ、化け物じゃぁ、ないか」

新崎は、息も絶え絶え。その頭蓋からは今も赤い鮮血が滴っている。

……おや、回復が遅くなってきたな。そろそろ限界か？

「なぁ、雨森……」

新崎は、疲れたように天を仰ぐ。

浮かぶのは諦念の滲（にじ）んだ表情。僕は無遠慮に一歩踏み出して。

その瞬間、凄（すさ）まじい衝撃が体を襲った。

「【罠（わな）を置く】異能……どうだい、力が入らないだろう？」

……まーた、面倒くさい異能を持ってるな。

足元へと視線を向けると、そこには小さな紋様が浮かんでいる。

薄暗い中、石畳の隙間とかにこんなに小さなトラップを仕掛けられたら……さすがに見分けがつかないな。致命的でこそ無いが、厄介な異能だとは認めよう。

体が硬直していたのは、ほんの数秒。

やっと体が動いたと思いきや……続けて手足に嫌な感覚が走った。

「【凍結の魔眼】……か」

「そりゃ知ってるかー。情報抜き取られたんだもんなぁ」

僕の手足は、先の方から凍り始めている。

見れば新崎の瞳は普段とは違う色を宿しており、その目に見据えられた端部から体の感覚が無くなりつつある。

「雨森、お前は強いけど、お前には僕が一度勝ってる。その時点でお前はもう終わってるんだよ。あくまでも、僕のお目当ては、朝比奈(あさひな)と八咫烏(やたがらす)なんだ。お前と戦って消耗してる時間はないんだ。……ま、今にして見ればお前が八咫烏だったのかもしれないけどね」

既に、胸元まで僕の体は凍りついている。

その勢いは凄まじく、気がついた時には口元まで氷が迫っていた。

「安心しなよ、どーせ殺(や)れないようになってる。どんなに痛めつけても、死ぬ直前で転移するっていう、点在(てんざい)の嫌がらせみたいなゲームだからさ。だから、安心してそこで固まりな、雨森悠人」

新崎は、疲れたようにそう笑う。

どうやら彼は、本気で朝比奈と八咫烏を警戒しているようだ。
その警戒は正しい。朝比奈を倒すにはお前も全力で、万策を尽くす必要がある。
――ただ、捕らぬ狸の皮算用、という言葉もあるんだよ、新崎康仁。
朝比奈のことを考えるのは別に構わない。
だが、今のお前にそんな余裕がどこにある？
「同感だ、僕にもあまり時間が無い」
僕は、新崎のすぐ背後に立っていた。
彼は驚き僕の方へと拳を振るうが、遅すぎる。
さらに移動し、彼の背面へと再び移動。
勢いのまま彼の足を蹴り上げて、その体を地面へと叩きつけた。
「ぐっ……な、なんで！」
「堂島もそうだったが……固定概念に縛られすぎだな」
僕の【霧の力】は、言っちゃ悪いが万能が過ぎる。
霧っぽいことはなんでも出来る。
煙幕でも霧を纏っての変身でも。
――霧へと姿を変えて瞬間移動でも。
なんでも出来るのだ、本当に。

つーか、霧に凍結なんて聞くと思うか？　普通にすり抜けられるっての。

「それと新崎、先のことは考えなくていい。ここで終わるお前には無用だ」

「……ッ、ふ、ふふ、ははは、自意識過剰、じゃないのかな！」

彼は倒れた姿勢から後ろ足に蹴りを入れてくる。僕はその蹴りを右手で受け止め、彼の体を振り回そうと力を込めると……すぽっと、その靴がすっぽ抜けた。

「お」

「油断しすぎじゃないのかな！」

靴を脱いだ新崎は、低い姿勢から一気に襲いかかってくる。

対する僕は、既に投げ飛ばすモーションに入ってる。

さすが新崎、これじゃ、物理的にかわせない。

僕は大きく息を吐くと――そのまま、体を霧へと変化させた。

「な――!?」

新崎の渾身(こんしん)の一撃は、僕の体をするりと抜ける。

そういえば言い忘れていたが、僕にはそういった物理攻撃が一切効かない。

ま、意識外の攻撃には無力だし、意図的に攻撃に当たりに行くことは可能だが、見て、反応が間に合う攻撃であれば全て【透過】が可能だ。

きっと世界のどこかには、認識できても反応が合わない剛の者も居るんだろう。

僕と殴り合える猛者も、きっとどこかには存在すると思う。

けど、新崎。お前はそうじゃない。

僕はすり抜けた彼の拳を受け止める。

そしてそのまま、力任せにぶん投げた。

「ぐ……がはっ！」

受け身を取ることも出来ず、新崎は神殿らしき建物へと突っ込んだ。

彼の体は勢いそのまま多くの壁や柱をぶち壊す。歴史的に価値があったであろう建物も、気づけば何の価値もない、ただの壊れた廃墟になっていた。

僕は瓦礫を踏み砕き、廃墟へと足を踏み入れる。

新崎は瓦礫の中で、必死に的を守っていた。

的にさえ直撃を受けなければ、負けはない。だが、的を守れば自分の身は守れない。

彼は血の塊を吐き出し、その場で立ち上がることも出来ずに蹲っている。

「さて、新崎。そろそろ現実が理解出来たか？」

お前じゃ、僕の【霧の力】は攻略できないよ。

変身ができる。

分身ができる。

使い魔を呼び出せる。

瞬間移動が出来る。

透過ができる。

俗に言う【複合型】って奴……とは、また別種なのかもしれないが、細かい能力が無数に絡み合い、一つの能力を構築している。

それを雨森悠人が使っているんだ。弱いわけがないだろう。

「げほっ、がほっ……く、クソ、クソクソ、クソッ！」

喚いても現実は変わらない。

僕は新崎へと追撃——しようと思ったが、直前で思い留まる。

どこまでいっても、これは『ゲーム』であって『殺し合い』ではない。

個の強さを誇示すれば勝負には勝てるが、試合には勝てないようになっている。

その原因は、朝比奈の追加した『悪意ある行動の禁止』というルールだ。

正直、新崎を嬲るにあたって悪意はない。ただ、それはあくまで主観の話。

『悪意のある行動』を判断するのは、この戦いをどこかで監視している榊零だ。

つまり、客観的に悪意のあるとみられる行動は、即、失格へと繋がってしまう。

特に、一方的に抵抗も出来ていない相手を嬲る——だなんて、完全にアウトだろう。

……これが、ある程度拮抗した勝負だったら、話は違ったんだろうけどな。

僕は足を止めると、ため息交じりに頭をかいた。

「……なあ、もういいだろう？　諦めろよ新崎」

「…………………ぁあ？」

青筋を浮かべて、彼は僕を見上げる。

既にその顔に笑顔はない。あるのは不機嫌そうな無表情だけ。

その顔、もうわかってるんだろ。僕がわざわざ言わなくとも、全部わかってるはずだ。

そう考えたが、彼は僕を睨むばかりで、答えはない。

だから、わざわざ分かり切ったことを言うことにする。

「勝てないんだよ。お前は、僕に」

ぎりりと、歯の軋む音がする。

「実力差は身に染みただろう。どう足掻いても勝てないことくらい察しただろう。なら、諦めろよ。お前は降参するだけでいいんだ」

無理だよ、子供でも分かるって。

舐めてるとか、油断してるとか、そういうのじゃないんだ。

ただ、事実、僕らの間には絶対に埋められない溝がある。

それを、お前は既に察したはずだ。どれだけ馬鹿でも分かってるはずだ。

だって、『手加減してこれ』なんだからさ。

だから僕は、親切丁寧にお願いをする。

「頼むよ新崎、これ以上弱い者いじめはしたくないんだ」

新崎は、僕を見上げている。

その表情は、まるで心の底から驚いているように見えた。

彼はややしばらくの硬直の後、苦笑して吐き捨てる。

「……嫌いだなァ、お前。うん、ものすごく嫌だ」

「同族嫌悪か。お前も僕も、人間失格の外道だろ」

そう言って、僕は歩き出す。

——新崎康仁。

一年B組に君臨する絶対的な覇王。

圧倒的なカリスマと、圧倒的な暴力にものを言わせてクラスを掌握。

その後に、自らの狂った正義を敵味方へと押し付け、騒ぐ。

……イカレた正義感、と言うなら僕とお前は同類なのだろう。

立場も考えも在り方も、何もかも異なるはずなのに、お前は僕と少し似ている。

だから気にかけていた。……その分、今は少しがっかりしているよ。

「降参したくないのなら、僕がお前を終わらせる」

新崎の目の前までやって来る。

手を伸ばせば、新崎の的まで届く距離。

諦めたくない、負けたくない。そういった気持ちはよく分かるさ。

だから、お前が降参したくないと考えるのも納得は出来る。

だが、了承は出来ない。お前はここで確実に終わってもらう。

「なにか、言い残したいことは？」

別に命を取るわけでもない。新崎はこの闘争要請(コンフリクト)から消えるだけ。

学園から去るわけでもない、何を失うわけでもない。

ただ、覇王としての新崎康仁は、ここで死ぬのだ。

負け犬が覇王になることはない。この先、二度と彼が覇王と名乗る日は来ない。

だからせめて、覇王として、最後に言い残すことが無いかと聞いた。

僕の問いに、新崎は笑みを戻して噴き出した。

「言い残すことなんざ、これっぽっちも無いけどさァ」

新崎の瞳に、決意が灯(とも)る。

僕がその感情に気づくのとほぼ同時に――僕の全身へと衝撃が走った。

「……？」

「し、新崎さん！　この化け物は俺が押さえておきます！　はやく逃げて――」

隣を見れば、Ｂ組の大柄な男子生徒が僕の横っ面を殴り飛ばしたようだ。

少々目障りだったので、軽く手を払って弾き飛ばす。

「……悪い、これっぽっちも興味が無かったから、完全に意識外だったよ」

僕としては、軽く手を払っただけ……のつもりだった。

それでも、直撃した少年の腕骨は砕け、痛みと衝撃に少年は数メートル後退する。

「ぐ、ぅぅ……っ、お、お前ら！　新崎さんを守れ！　絶対に死守だ！」

しかし、闘志は消えない。

彼の声を聞き、多くのＢ組生徒が僕の前に立ちふさがる。

「し、新崎さん！　早く回復してくださいよ……！」

「守れ守れ！　絶対に新崎さんをやらせるな！」

「こいつに勝てるのは新崎さんだけだ！　せめて回復するまで肉壁に――」


「――邪魔」


目障りだったので、足裏で地面を踏み砕く。

衝撃に遺跡内が大きく揺れて、Ｂ組生徒たちは膝をつく。

僕を見上げる彼らの表情には、色濃く恐怖が映っている。

彼らを見下ろし、僕は無表情に突きつけた。

「頭が高い。殺されたくなければ黙って失せろ」

これだけ脅しておけば、さすがに散って逃げるだろう。

新崎には最後に話がある。それを邪魔されるのは面倒だ。

そういう思いから、比較的本気に近い殺気をぶつける。

……しかし、膝を震わせながら立ち上がる彼らを見て、今度は僕が驚いた。

「……驚いたな。今のが嘘に思えたか？」

もしかして、ここは学校だから本気で人殺しはしない、と思われてるのかな。

そりゃ心外だね。見せしめに、誰か一人殺して見せようか。

僕は周囲を見渡そうとしたところで――先ほど、僕を殴った男子が言う。

「お、お前なら殺すだろうよ！　でも、殺したら絶対にお前は反則になって失格だ！」

ピクリと、新崎の肩が動く。僕はその男子生徒へと視線を向ける。

「そうかもしれないな。それで？」

「……っ、お、お前さえいなければ……新崎さんはC組になんて絶対負けない！　お前が居なくなれば、勝つのはB組だ！　そうなりゃお前は学園を退学、二度と新崎さんに手出しなんてできなくなるはずだ！」

「そうかもしれないな。……それで？」

僕は同じ言葉で問い返す。
分からなかった。僕には彼が何を言ってるのかさっぱりだった。
確かに誰かを殺せば僕は失格になるだろう。
その結果、新崎は八咫烏や僕に意識を割かなくなり、僕の『殺人』にC組は動揺する。
そうなれば、B組が勝つ未来も可能性としては否めない。
だがその理論の前提となる部分が、僕にはどうしても理解できなかった。
「死ぬんだぞ、お前ら」
僕の言葉に、少なからず動揺が広がる。
けれど、彼らの決意を揺るがすほどではなかった。
B組の生徒たちは膝を震わせて……死を覚悟した上でこの場に立っている。
「……お前らはなぜ、そこまでして新崎に従う?」
ここに至って、彼らに興味が湧く。
命より大切なモノはない。
命を奪われて喜ぶ奴なんていない。
だって言うのに、彼らは平然と『新崎のため』と命を差し出している。
新崎は圧制者のはずだろう。お前らを暴力で制しただけなのだろう。
なのにどうして、そこまで新崎の味方であり続けられる。

僕は男子生徒へと問いかけるが、答えは別の方向から返ってきた。

「私たちは……社会不適合者の集まりなのよ」

その声は、震えていた。

そちらへと視線を向ければ、眼帯をした女子生徒がいる。

彼女が目を輝かせると、手足が再び凍り始めた。

……なるほど、【凍結の魔眼】オリジナルの所有者は彼女だったか。

「親に売られた奴、親友に裏切られて悪評の限りを受けた奴、クラスメイト全員に虐められて心を閉ざした奴。……まだまだ居るぜ。俺たちはな……お前らみたいな平和にぬくぬく暮らしてるヤツらとは違うんだ！」

「そうよ！　私たちは……誰からも認めて貰えなかった！　でも、彼だけは認めてくれた！　どんなに恐ろしくても、怖くても、苦しくても！　誰からも認められないあの地獄から比べればどんなに幸せか！　理解なんて出来ないでしょう！」

「どーせこの学校を出れば、また俺らには居場所は無くなるんだ……新崎さんの居る場所が、俺らの居場所なんだ！　なら、新崎さんを守るためなら命くらい惜しくはねぇ！　さあ、殺せるもんなら殺してみやがれ、雨森悠人！」

……あらら、まるでこっちが悪役だな。

けど、なるほど。僕が色々と勘違いしていた、ってことは理解したよ。

A組、B組、C組。これらの分別にさほど意味なんてないと思っていた。

成績を鑑みた上で、ある程度戦力を割り振ったのだろう――程度に考えていた。

それが間違いだった。

クラスの分別には、何かしらの明確な基準があったんだ。

一年B組こそは、社会に合わなかった者たちの巣窟。

社会に弾かれ、居場所もなく、人生に絶望した者たちの終着点。

……そりゃ、どんなに圧政でも、認めて、必要としてくれて。曲がりなりにも自分たちと一緒にいてくれる新崎は、どんな詭弁よりも眩い希望に見えたことだろう。

それこそ、命を懸けて守りたいと思えるほどに。

「……はっ、馬鹿じゃないの、お前ら」

新崎は、いつものように笑っていた。

だけどその笑顔は、本心からのモノに見えた。

「……なぁ、雨森。僕は今まで、自分のやりたいように歩いてきた。そんでもって、歩いてたら勝手にこいつらが付いて来たのさ。……びっくりするだろ？　僕は一度だって、こいつらを暴力で従わせたことは無いんだ」

……ああ、驚いたよ。朝比奈に続き二度目の『想定外』だ。

強さで僕を驚かせることは無かったが――お前は在り方で僕を驚かせた。

考えてもいなかった、お前はお前で、ちゃんと【正義の味方】をしているなんて。

朝比奈の正義が【万民】にあるならば、新崎の正義は【弱者】にこそある。

どんなに狂っていても、どれだけイカれていても。

社会が見捨てたその他大勢にとって、彼は輝かしい【正義の味方】なのだ。

「で、雨森。お前が壊そうとしてるのは、僕ら全ての希望らしいぜ？」

面白そうに、新崎は問う。

B組が正義で、雨森悠人こそが悪なのだと見せつけられて。

お前はそれでも進むのかという問いに——僕は、何ら迷うことなく歩を進めた。

氷結を砕いて歩き出した僕を見て、新崎はいよいよ瞼を閉ざした。

「あぁ……そうかい。お前もなかなかイカれてる」

「褒め言葉か？　なかなか、で済む程度じゃないと思っていたが」

そう返すと、新崎は楽しそうな笑顔を浮かべる。

「はっ、学園も見る目がないねぇ。お前、本来なら真っ先にB組に選ばれる人間だろ」

違いない。

心の中でそう返し、僕は一直線に駆け出した。

死を嘆願する者を無視して、新崎へと終わりを贈りに向かう。

迷いなんて微塵もない。

抵抗するならすればいい。
僕は一切の情け容赦を除外して、真正面からお前を潰す。

僕は拳を振りかぶる。
新崎もまた拳を振りかぶり、僕の顔面へと振り抜いた。
物理攻撃が通じない僕に、その反撃は何の価値も持たない。
それは新崎自身も、痛いほどよく知っている。
……知った上での、その拳。
一切の価値は無いが——諦めないという意思を示す上で、意味はある反撃。
それを前に、僕はすり抜け前提で拳を振り下ろし——

「じゃあねー、馬鹿な雨森」

僕の顔面へと、新崎の拳が突き刺さった。
——痛み。
不意に襲った衝撃と激痛。
真っ赤な鮮血が噴き出して、気がついた時、僕は大地に倒れていた。

「………はぁ」

そして理解する。

体育祭で、新崎が黒月に勝てた理由を。

「全く……奥の手は最後の最後まで取っておくつもりだったんだぜ？　朝比奈に、八咫烏。アイツらがどこで見てるか分からないからさー。だから、お前は手抜きで倒すつもりだったんだよ。でも、止(や)めた」

満身創痍(まんしんそうい)の新崎が僕を見下ろす。

僕は、久方ぶりの【敗色】に拳を握る。

……想定はしていた。だから、驚きは極めて小さい。

だがこれは、想定していた中での……最悪の可能性だった。

なにせ相対するのは、僕が唯一『負けるかもしれない』と断ずる能力だ。

「【異能を封印する力】……さぁ、生身で勝てる獣かどうか、試してみろよ、雨森悠人」

最悪の能力を前に、僕は鼻血を拭って立ち上がる。

四季(しき)からの情報に無かったってことは……新崎がクラスメイトにすら隠していた真の奥の手、ってわけか。なかなかどうして面白い真似(まね)をしてくれる。

にしても、異能を封じられた上で、新崎を含む二十九名を相手にする——か。

うっかり冷や汗が出るほどのハードモードだが、おかげで退屈だけはしなさそうだ。

「前言撤回だ。『弱い者』いじめには、ならなそうだな」

ここで順当に僕が勝てば、この闘争要請(コンフリクト)は僕の『想定内』に収まるだろう。

だが、もしも万が一、僕が負けるようなことがあれば——。

僕はその未来を想像し、拳を構える。

もしも万が一、僕がこの場で負けるようなことがあれば。

その時は——新崎は朝比奈以上の脅威であると、認めざるを得ないのだろう。

第四章　覇王　新崎康仁

新崎康仁(やすひと)は、裕福な家庭に生まれた。
古くよりその地域において知られていた華族・新崎家。
優しい母と、厳格な父と。
恵まれた家庭に、長男として生を受けた新崎康仁は。
きっと、将来が約束されていたのだろう。
「康仁、お前は誰よりも優れた人間になれ」
父は、誰より厳しく、多くを望む人だった。
華族の長男、後継として、ありとあらゆるものを習わせた。
勉学においては学年一位であることを当然と断じ。
運動においても、あらゆる面で他人以上を求める人だった。
厳しく、時に辛(つら)い時もあった。
けれど、父の根底には優しさを感じていた。
だから、苦しみはなかった。
「康仁、貴方(あなた)は誰より優しい人間になりなさい」

母は、誰より優しく、美しい人だった。

華族の長男として、優しさが最も大切だと考えていた。

人の上に立つ存在として、誰にも平等に優しさを配り、下の者が自ら付き従うような強く優しい人になれと、口癖のように言っていた。

常に笑顔たれと、いつも言っていた。

だから、康仁はいつも笑顔で優しかった。

彼は、強く、優しい子に育った。

だから、彼には多くの友ができた。

多くの者が、彼に付き従った。

歳(とし)など関係なく、彼は万人のカリスマだった。

中学校、一年生の時までは。

「あ、あの、僕……市呉(しぐれ)、っていいます……」

中学校の、最初のクラス。

一つ前の席になった少年は、貧乏な家の出身だった。

闘争要請、開始直後。
雨森らが転移した場所から離れた広間で、朝比奈霞はすぐに気づいた。
「――雨森くんが、居ないわ」
周囲を見渡す。だが、どれだけ捜せど雨森悠人の姿は無かった。
「あ？　雨森の野郎がどうしたって？」
「居ないのよ、佐久間君。……どうしたのかしら、ちゃんと場所は教えたはず……」
佐久間の問いに答えつつ、朝比奈は考え込む。
そんな姿を、倉敷は遠くから見つめていた。
（……ただでさえ黒月が居ねぇのに、マジでこっちを私一人に任すつもりかよ……）
事前に、雨森からの通達はあった。
『今回は動くから、C組のまとめ役は任せた』と。
その話を受け、倉敷は『雨森悠人の単独行動』を推測、いくつかの作戦を考えていた。
けれど、まさか最初っから居ないとは思ってもいなかった。
（珍しく、本気ってことかよ）
新崎康仁は、それだけの男ということなのか。
あるいは、新崎との戦い、その先まで見据えての行動なのか。
少し考えてみたけれど、結局『よく分からない』で終わりそうなので思考を止める。

結論、詳しいことは分からない。それでも、今までは頑なに動こうとしなかった雨森悠人が動いているのなら、相応に気を張って臨むべきだと彼女は認識した。

彼女はさっそく猫をかぶると、委員長として心配を滲ませる。

「バスの中で慌てて書いてたみたいだし、もしかして違う番号書いちゃったのかも……」

「……しか、考えられないわね。B組の策略、とは考えたくないわ」

この場に居る全員が、雨森悠人の肉体的な強さを知っている。

このクラスにおいて、彼を弱者と呼ぶものは一人としていないだろう。

だが、相手はあの新崎康仁だ。

雨森悠人は既に一度、あの男に敗北している。

ならば、もしも雨森がC組と合流する前に新崎らと出会ってしまったら。

あるいは、雨森の遭難こそB組が仕掛けてきた作戦だとしたら。

「まぁ、雨森も結構強いから大丈夫だとは思うけど……心配だよなー。朝比奈さん、拠点作りと雨森捜索係で分かれる？」

「……ええ、そうね。雨森くんが強いのは分かっているけれど……今回は相手が悪いわ」

朝比奈の直感が、新崎康仁は万全で相手をすべき相手、と言っていた。

そんな相手を前に……雨森悠人は、欠くには惜しすぎる人材だ。

ほんの些細な書き間違いが原因なら、雨森悠人は近くに転移した可能性が大きい。

多少手間だとしても、捜し出して合流したほうが勝負は有利に進むだろう。

——そう考えての発言だったが、反対の意見が近くから挙がった。

「はぁ？　ちゃんとこの場所伝えてあったんでしょー？　朝比奈さんの話も碌に聞かないで、勝手に書き間違えて合流できないとか、それ雨森が悪いんじゃん」

そう声を上げたのは、倉敷の友人でもある真備佳奈だ。

彼女の近くには、同じ意見の生徒たちが集まっている。

「自業自得なら、助ける価値なんてないじゃん。むこうがこっちを見つけるならまだしも、わざわざ自分から迷子になったやつを捜しに行くとか、なにそれ、って感じ？」

「そーだぜ！　この戦いは俺たちの退学が懸かってるんだ！　それなのに、あの野郎……最初っからやる気無かったんじゃねぇか！　そんなの捜してるだけ時間の無駄だ！」

「……そうだよ。私たちはB組の相手に専念するべきだと思う。迷子になったクラスメイト一人を捜しに行くなんて、そんな事して負けたら、朝比奈さん、責任とれるの？」

「ぐぬ……、せ、正論ね」

朝比奈は、彼らの意見を真正面から受け入れる。

確かに、今まで朝比奈を避け続けてきたのは雨森悠人だし、バスの中で番号を書き間違えたのも雨森悠人。最初っからやる気が見えなかったのも雨森悠人。こうして考えると全部雨森が悪いんじゃないかと言う気すらしてくる。

もちろん、悪いのは雨森悠人である。

あの男が誰にも言わず独断専行をとったせいである。

だが、そこら辺を朝比奈霞は何も知らない。

知らないからこそ、彼を嫌うクラスメイトからの正論に呻く。

――そして同時に、その正論には彼らの主観が入っているのを察した。

朝比奈も薄々察してはいたが、雨森悠人は一部から嫌われている。

本人は毛ほども気にしていない（興味ない）ので朝比奈も口を挟むつもりはなかったが、その嫌われようは傍から見ていて少し悲しくなってくるほどだ。

その理由はおそらく――雨森悠人が、クラスカースト最下位だったから。

それが今では朝比奈や倉敷と肩を並べて会話し、佐久間や烏丸などのクラスカースト最上位ともつるんでいる。……まるで物語のような成り上がりだ。

当然、雨森悠人を心のどこかで見下していた中からは……よく思わない者も現れる。

雨森に彼らと交流しようという気があればまた話は変わったのだろうが……彼らの気持ちを完全に無視し続けてきた結果、いよいよ嫌悪感は目に見えて現れることとなる。

「捜すのなんて止めて準備しよーよ。アイツなんていても役に立たないって」

「か、カナちゃん、そんなこと言ったらダメだよっ！」

「でもさー！」

倉敷の声も届かず、クラスの女子グループを中心に非難が上がる。

明らかに偏見の入った意見を聞いて、雨森と仲のいい生徒たちが顔を顰める。

――不和。このままではまずいと朝比奈は察し、声を上げようとする。

しかし、それよりも先に真備らへと反論――非難の声が飛んでしまう。

「うわ、やってること、霧道とおんなじじゃん」

「…………はぁ？」

真備は、苛立ちを隠すことなく声の方を振り向く。

そこには仁王立ちする赤髪の少女――火芥子の姿があり、その周囲には文芸部の面々がオロオロとしながら立っていた。

「火芥子さん、なんて？」

「聞こえなかった？　朝比奈さんや倉敷さん、他のみんながなんだかんだで雨森と仲がいいのが気に食わないんでしょ？　それ、雨森に嫉妬して殴ってた霧道と同じじゃん」

想像もしていなかった反論に、真備は無表情へと変わってゆく。

真備が告げたのも、確かに正論。

それに対してそれ以上の正論で返した火芥子。

しかし、いくら正論だとは言え『霧道と同じ』なんていう暴言は聞き流せない。

「はぁ？　何言ってんの。必死になって雨森の擁護とか、もしかして好きなの？」

「いいや別に？　凄いやつだとは思ってるけど恋愛対象では無いかなー。で、そんなあからさまに話逸らして、どうしたのかな？」

されど、火芥子も引く気配はない。

面倒臭がり、インドア派の火芥子だが、情は厚い。

仲間の悪口なんて最も聞き捨てならない。

故に、彼女は決して引くことなく、長身で真備を見下ろしている。

その姿には真備も思わず後退り、その間へと倉敷が割り込んだ。

「はいすとーっぷ！　火芥子さんも大人げないよー！　カナちゃんは、私が取られちゃったみたいで嫉妬してたんだもんねー。かわいいいっ！」

「ばっ！　そ、そんなんじゃないし……」

「ツンデレもまた可愛い！」

そんなことを言いながら、倉敷は嫌な空気を霧散させる。

無論、内心では反吐が出そうな表情を浮かべていたが。

倉敷のファインプレーによって、多くの生徒が安堵の息を吐く。

それほど二人の中にあった空気は剣呑で――ともすれば、今にでも殴りかかっていきそうなほどに傍からは見えていた。

真備と火芥子。真っ向から棘を吐き合う二人を見て、他の生徒たちが逆に冷静になっていたのは不幸中の幸いだっただろう。

「でも、カナちゃん。言い過ぎは良くないよ。ほら、ごめんなさいは？」

「……まぁ、うん。ごめん、火芥子さん。ちょっと腹たってた」

「こっちも熱くなってごめんねー。まぁ、言いたいことあるなら雨森の目の前で言ったらいいよ。直接言うぶんにはどーでもいいしさ！」

少し冷静になって謝る真備と、笑顔で引き下がる火芥子。

二人の様子を見て、同じく安堵の息を吐いていた朝比奈は倉敷へと視線を向ける。

「蛍さん……ありがとう。今のは、たぶん私では止められなかったわ」

「ここは霞ちゃんよりも私が適任っぽいからね！　困ったときは任せてよ！」

そう言ってウィンクして、倉敷蛍は雨森捜索への反対派へと向き直る。

「皆も！　雨森くんはちょっと開始地点を書き間違えただけだと思うんだ！　近くを回ったら見つかる可能性大だと思うし……なにより、雨森くんってばクラス一の力持ちだからさ！　居てもらったほうが絶対に助かると思うよ！　だってサバイバルなんだし！」

「…………まあ、確かに」

感情に訴えても、正論で攻めても『こういう輩』には効果はない。

だから、利に訴えて納得させる。

雨森悠人を捜せばこんなメリットがあるよ、と軽く囁いてやれば彼らは自ずと自分の利を見つけてくるだろう。あとは、この提案をみんなの信頼を一手に集める『倉敷蛍』からしてやればいい。そうすれば彼らは断りにくいだろうし、仮に雨森と合流した後に思い描いていた『メリット』が無かった場合も、不満は全て雨森へと向かう。

（ま、アイツがもっと嫌われる分には問題ねぇだろ。私、関係ねぇし）

そんな酷いことを考えつつ、倉敷は『利』をもって不満を持つ生徒たちを黙らせる。

くるりと朝比奈へ振り向いた彼女は、考えうる限り最高の笑顔を少女へ向けた。

「てなわけで、雨森くんの捜索は霞ちゃんに任せるよっ！　早く見つけてきてね！」

「……本当にありがとう、蛍さん」

朝比奈を先導者とするならば、倉敷は潤滑油だ。

先導者がなんの憂いもなく引っ張って行けるように、内部や外部におけるありとあらゆる摩擦を解決する。少なくとも、雨森悠人はそういう目的で倉敷蛍を引き入れた。

彼女は今回も『C組のまとめ役』を十全に果たし、面倒事は朝比奈へと押し付ける。

きっとこれも『雨森悠人の想定内』なのだろうと、ぼんやり思いつつ。

「それでは……」

「あ、そうだ朝比奈さん、ちょっと、私たちもついて行っていいかな？」

出発しようとした朝比奈へ、火芥子から声が掛かる。

彼女の背後には文芸部の面々が揃っていた。

「火芥子さん、それに……。どうしたのかしら？」

「いやぁ……足手まといなのは分かるんだけど、ウチの副部長が行方不明なのに、なんにもしないでいるのもちょっとねー」

「その通り！　雨森副部長は悪魔と魂の契約を結びし拳の化身！　故にその強さは文芸部最強！　ただし文芸部の中だけに限るという話です！」

「簡単に言えば、心配だということだ」

火芥子に続き、天道や間鍋も言葉を重ねる。

しかし、彼らは皆戦闘タイプではない。身体能力が秀でているわけでもない。

であれば、雷神の加護を使った朝比奈が個人で動いた方がずっと早く済むだろう。

雨森を捜すに際し、彼らは間違いなく足手まといになる。

そう、三人の言葉に思案していると、朝比奈の前へと星奈が一歩踏み出した。

「わ、私は……一時間以内に回れる範囲であれば、捜索範囲を短縮できます！」

「それに、私の【現実把握】、こんな遺跡の中じゃ有用極まりないと思うんだけどねー」

星奈の肩に手を置きながら、火芥子が笑う。

「それに、私たちは文芸部。従うのは星奈さんの意見にだよ。朝比奈さんが拒否っても、私たちはなんの躊躇もなく雨森を捜しに行く。危険でもね」

「そもそも天道の能力は、非戦闘員を戦闘員に変えるものだ。攻略不可能でないのなら、俺たちは捜しに行く。……雨森には少し、思うところもあるのでな」

そう告げる間鍋は、過去、真っ先に熱原の標的にされた生徒でもある。

少なからず恐怖はあったし、トラウマだって多少はある。

だけど、怪我を負い、入院している最中、クラスの中でも底辺に位置する雨森悠人が熱原と真正面から殴り合った――などと聞き、複雑な感情が膨らんだ。

自分が手も足も出ずにやられた相手に、心のどこかで見下していた相手が、命をかけて立ち向かったと聞いて……悔しさと共に、強烈な羨望が湧いた。

雨森にそんなつもりはなくとも、間鍋にとっての雨森悠人は、自分の仇を討つために強敵に立ち向かった、まるで漫画の中に出てくるようなヒーローだ。

そんな雨森が困っているのかもしれないのなら――間鍋は一切迷うことは無い。


「一度だけ問う。俺たちは行く。その護衛を引き受けてくれるか、朝比奈霞」

今度は、自分が雨森悠人を助けるのだと、その瞳には強烈な覚悟が宿る。

その姿に少し驚き、ややして朝比奈は嬉しそうに笑った。

「ええ、当然よ。……今からでも美術部をやめて文芸部に入りたくなってきたわ」

雨森悠人は、もう、一人ではないのだ。

不思議とそんな思いが浮かぶ。

彼の過去なんて知らないはずなのに、記憶なんて無いはずなのに。

まるで古い記憶を振り返るように、自然と朝比奈はそう思っていた。

（……不思議よね。雨森くんとは……今まで会ったこと無いはずなのに）

朝比奈は、自分で自分の思考を不思議に思う。

顎に手を当てて考えていると……彼女の目の前で、文芸部の面々が顔を見合わせる。

ややして、代表の星奈が朝比奈の目の前へと歩き出る。

そして、とても悲しそうな顔でこう言った。

「そ、その……入部の件は、ごめんなさい。お断りさせてもらいます……」

「…………へっ？　ち、ちなみに、理由を聞いてもよかったかしら？」

しばしの思考停止。そして、震える声で理由を聞いた。

……理由なんて、とっくに分かり切っている。

それでも聞いた。——聞いてしまった。

であるならば、その後に待つのは残酷な答えだけだ。

「朝比奈さんのこと……雨森くんが、とても嫌がってたので」

星奈部長の言葉に、朝比奈は膝から頽れた！

☆☆☆

その数分後、涙を拭いた朝比奈は、文芸部を連れて遺跡の奥へと消えていく。

朝比奈霞の【雷神の加護】。

星奈蕾の【星詠の加護】。

火芥子茶々の【現実把握】。

これらがあれば、間違いなく雨森悠人は見つけ出せるだろう。

クラスメイトはそう考え、快く彼女たちを雨森捜索へと送り出す。

といっても、倉敷だけは『そんなの無駄なのにな』なんて考えていたけれど、そんな感情などおくびにも出さず、彼女はクラスメイトへと声を上げる。

「それじゃーみんな！　さっそく衣食住から揃えていこう！　まず必要なのは飲み水の確保！　衣と住はセーフティエリアがあるからね。さっそく飲める水を探しに行こう！」

おおー！　と声が返り、彼女は満足気に頷いた。

事前に配られた地図には、飲料可能な水が湧いている場所が記されている。

だから、問題視するべきは水を確保できるか――ではなく、その道中で魔物と遭遇しないか、という一点に尽きる。

開始前に新崎が制した魔物、仮称『ゴブリン』程度であれば問題はない。

だが、体育祭で見た『マンティコア』のような大型の魔物が群れで現れたら、いかに生徒たちが異能を使えると言っても厳しい戦いになるだろう。

だが、こちらの陣営には佐久間や烏丸ら、王の異能を持つ者が数多く存在する。

朝比奈が一時的に離れたのは少々痛いが、彼女の不在一つで崩壊するようなクラスではないはずだ。

「気を付けるべきは魔物だね！　みんな、警戒して進もう！」

そうして、倉敷蛍は行動を起こす。


――つもり、だった。


がさり、と。

ふと、背後から足音が聞こえた。

もしかして、朝比奈らが帰ってきたのだろうか。

何か忘れ物……いや、下手をしたら雨森を見つけてきたのかも。

そんな考えで、特に気にすることなくそちらを振り向く。

……しかし、その先に立っていた『男』を見て、思考が停止する。
「――!?　な、なん……でっ!?」
そこには、本来ここに居るはずのない男が立っていた。
全身を真っ赤な血に染めて、多くの傷を体に残して。
満身創痍の面持ちで。
それでも満面に狂気を浮かべていた。

「C組、見ぃーっけ」

倉敷蛍をして、その『一撃』には一切の反応が出来なかった。
驚愕の隙を狙われた……と言うのもあるが、その速度に意識がついていけなかった。
こんなことは過去に二度だけ。雨森悠人の異次元の速度と、朝比奈霞の雷速のみ。
それと同等か――下手をすれば、それ以上の速度で距離を詰められて、一閃。
腹に装着した的を粉砕し、その拳は深々と彼女の体に突き刺さる。
「……ぁっ」
あまりの威力に、彼女の体は地面と水平に吹き飛ばされてゆく。
同時にアラームが鳴り響き、敗北となった彼女の強制転移が開始される。

「お、お前……っ！」

倉敷が最後に見たのは、拳を振り抜いた悪魔の姿。

間違いない、今のあの男は……以前雨森と戦った時よりも、ずっと強くなっている。

あるいは、あの時でさえ手を抜いていたのか。

（……いいや、そうじゃない！）

倉敷は本能的に理解した。

この男は強くなったのだ。

目を見張るほどの短時間で、驚異的な進化を見せた。

そもそも、この場にその男が現れた時点で異常事態だ。

だってそれは、あの雨森悠人が敗北したってことなんだから。

彼女の視界は、一瞬にして切り替わる。

気がついた時、彼女は洞窟の入口へと戻っていて。

その場には、見知った男が瀕死(ひんし)の状態で倒れていた。

「……っ、そ、そういうことかよ、あのクソ野郎……！」

自分が初の脱落者ではない、と気がついた時、彼女の背筋に冷たいものが走った。

「倉敷！　脱落したてで悪いが、お前……少し手伝え！　急ぎ、病院へと搬送する！」

榊(さかき)先生が、担架を持って駆けてくる。その顔には驚愕と焦燥が張り付いており、この事態は彼女の想定をも超えているのだと軽く想像がついた。

「急ぎ運ぶぞ！　下手をすれば手術を要する大怪我だ！」

「……ッ、わ、分かりました……！」

声を駆けられて、倉敷は跳ねられたように動き出す。


——既に、状況は想定していたものから遠く離れて動き始めた。

倉敷は既に脱落し、黒月(くろつき)も不在。

朝比奈ならば、あるいは……とも、思う。

だけど、倉敷の中には隠し切れない不安があった。

眼前の『絶対あり得ない光景』を前に、その不安はどんどん膨れ上がっていく。

(なんで……お前が、こんな所で倒れてんだよ……ッ)

目の前で、見慣れた黒髪の少年は息もしていないように見える。

彼女が知る最強の一角。

並大抵では倒れないと思ってた男。

おそらく、彼は三学年の中でも最強格だと確信していた。

そんな少年が、敗北した。

(クソっ、朝比奈(あさひな)……！　絶対、負けんじゃねぇぞ！)

——朝比奈霞でさえ、届かないかもしれない。

その予感が杞憂(きゆう)でありますようにと、倉敷は願わずにはいられない。

☆☆☆

「これは……どういうことかしら」

闘争要請(コンフリクト)開始から、十数分後。

既に、星奈蕾(ほしな)の【星詠の加護】を使い切り、朝比奈らは遺跡内部を駆けていた。

星奈の能力は、発動後一時間以内にあり得る未来の可能性、全てを観測できる。

その中に雨森悠人と合流できる未来は存在しなかった。

そのため、雨森(あまもり)悠人は一時間以内に回れる場所には存在しない——という結論に達し、
彼女らは遠方へと向けて足を運ぼうとしていた。

そんな折に、それらの『死体』を目撃する。

広間を繋(つな)ぐ、長い通路。

それを埋め尽くすように、大量の魔物の死体が転がっている。

足の踏み場もないほどの惨状。未来視でこの光景を見たであろう星奈は顔を青くしており、知った上でこの道を選択したのも星奈であった。

「……もしかして、他も似たような惨状、と言うことかしら……？」

「……いえ」

星奈蕾は控えめに、されど確かに否定する。

「もっと、ずっと酷い未来が見えました。……通り抜けられるとしたら、ここくらいです」

一同は、彼女の声を聞いて通路の方を見る。

控えめに言ってもグロテスクな死骸に、星奈や井篠、天道が気持ち悪くなったように口を押さえる。その中で、頬を引き攣らせた火芥子は口を開いた。

「ヤバいね……一撃で殺されてるよ、これ。まるで通りがかりにぶん殴って行ったみたいに。何かを急いでたみたいに。ただ、なんの技術もへったくれもない力の限りで殴殺された。……そんな感じの死体だね。視てるだけで気持ち悪くなってくる」

「……嫌な、予感がするわね」

今までの道中、生きた魔物には、一度も、出会っていない。

それは、星奈が『魔物に出会わない未来』を選択したのかと考えていたけれど、この様子を見るにそうではないのだと朝比奈は思う。

出会わなかったのではない――出会う魔物全てがすでに死んでいただけなのだ。

今までにも、これらと同様に命を引き取って【間もなく】の死体は多く在った。

まるで、この戦いが始まってすぐ、誰かが魔物を殴って殺し回ったかのような。

そんな、嫌な想像をしてしまう。

「……戻りましょう。雨森君が一層心配になったけれど、それ以上に嫌な予感がするわ。蛍さんたちが危ないかもしれない」

「……うん、今回ばかりは従うしかなさそうだね。雨森を捜すにしたって、一度戻って、ちゃんと考えてからの方がいいかもしれない」

朝比奈の言葉に、さすがの火芥子も同意を示す。

「あ、そーだ星奈部長、ついでに私たちが安全に戻れる未来も教えてよ」

まだ、星奈蕾の異能発動から一時間は経っていない。

現状も彼女の観測した範囲内であり、ここから一度戻るという観測結果も星奈蕾は把握しているはずだった。――だからこその発言に、星奈蕾は驚きを見せた。

「え、あ……はい……えっと…………あれっ？」

「まさか、こっから帰る未来が見えなかったわけじゃないしょ？」

星奈蕾の能力に、そういった例外はない。

一切の過不足なく、可能性として存在する未来であれば全てを観測する。

　だからこそ、火芥子は冗談交じりにそう笑って。

「……はい。ここから帰る未来は、私の見た中にはありませんでした」

　そう告げた彼女の言葉に、その場にいる全員の背筋が凍り付く。

　彼らは咄嗟に背中を合わせ、周囲へと警戒を向ける。

「星奈さんが観測した時点では、私たちが一時間以内にC組に帰る未来はなかった。それは魔物やB組に邪魔されて、足止めを喰らったから……と考えていいのかしら」

　朝比奈の考察に、されど星奈は横に首を振る。

「ち、違うと思います。私たちはどの未来をたどっても、魔物や、B組の皆さんとは会えません。そして……なぜか、C組に戻る未来もあり得なかったんです」

　どう考えても『あり得た』未来だけが、星奈蕾には見えなかった。

　そう聞かされて――朝比奈霞はある能力に考え至る。

「【思考誘導】の能力」

　彼女の言葉に、その場にいた全員が目を見開く。

　同時に朝比奈は全身へと雷を纏い、自らへ強化を施した。

「星奈さんが能力を使う前のどこかのタイミングで、思考誘導の能力者が星奈さんへと力を使った。だからこそ、星奈さんは『私たちが帰る未来』を無意識のうちに見ないことにした。そして今も、私たちが言うまで一切それを認識できていなかった」

「……っ、う、嘘でしょ……そんなチート能力、生徒の中に居るわけ!?」

この闘争要請が始まる以前に、星奈蕾へと接触してきたB組生徒は居ない。

であればその能力者は、遠距離から何食わぬ顔で対象の思考を操れることになる。

「星奈さん、B組にそう言った能力者は居るかしら」

「私の知る限りは……いない、と、思います……」

「なら、その生徒は自身の異能を偽って報告しているわけね。……新崎君の策かしら」

少なくとも、今は最悪の事態を考えて動くべき。

B組が『思考誘導』を使い、雨森悠人を意図的に異なる場所へと移動させ。

その上で、こちらが捜しに出ることを読んで、星奈蕾にも同様の誘導を行った。

その目的は――と考えれば、B組の目的なんて簡単に察しが付く。

バチリと、雷が弾ける。

それとほぼ同時に、文芸部の面々は数百メートル離れた場所へと移動させられていた。

抱え、運ぶ。たったそれだけの動作を雷速で行った朝比奈霞。

運ばれた側からすれば、瞬間移動のようにすら感じただろう。

「こ、ここは……セーフティゾーン、ってやつなの……かな？」

周囲には結界が張られ、近くにはいくつも仮設トイレやテントが立っている。

それらを見渡し困惑する文芸部へ、朝比奈は言う。

「私はC組の下へ戻るわ。……明らかに異常事態が起きている。皆はここで待っていて」

「……そっか。そうだよね。さすがにこっから先はヤバいって分かるし」

火芥子は諦めたようにそう言うと、肩を竦めた。

「星奈部長が、その……思考誘導？　になってるんだったら、雨森が見つけられないのも納得だったし、せいぜいこの中から雨森のこと呼んでみるよ。大丈夫、無茶はしないさ」

「……ありがとう。問題が無ければすぐに戻るわ」

かくして、朝比奈はスタートラインへと走り出す。

一歩、また一歩と初速から最高速へと登ってゆく。

けれど大地を踏みしめる度、速度を上げる度、嫌な予感も一緒になって加速した。

B組に思考誘導の能力者が存在するのなら――操り方によっては、相手の開始地点を暴くことだって可能になる。そうなれば、この戦いは根本から崩れることになるだろう。

相手の居場所を探り合う中で、一方的に相手の居場所を知ることができたのなら。

その時、立てられる策は何倍にも膨れ上がり、奇襲も妨害も好き放題に可能となる。

そして今この瞬間が、その『最悪の状況下』だとしたら――。

朝比奈は駆ける。

雷速は、今まで歩いてきた距離を一瞬にして踏破する。
時間にして、一分もかからなかったと思われる。
彼女は違和感を抱いた瞬間から現在まで、ほぼ最速でこの場に至った。
――けれど、それではあまりに遅すぎた。
「こ、れは……！」
彼女らC組のスタートライン。
出入口から近い位置にある、大きな遺跡広間。
そこには、大量の血痕が残っていた。
呼吸が荒く、浅くなる。嫌な予感が背筋を震わせた。
視線を移動させる。
倒れ伏す多くの生徒たちが、目に映った。
「あ、あぁぁ、あ、あああああああ……っ」
その中には佐久間(さくま)や烏丸(からすま)の姿もあった。
彼らは血の中で、うめき声をあげている。
死んではいない。
けれど、意識もほとんど残っていない。
そういった調整の『暴力』を受けたのだと、すぐに分かった。

――だって、犯人はまだ、その場に残っていたんだから。

「――あれ？　なんか臭いなぁ。最近風呂入った？　正義臭いんだけど」

その男は、いつもと変わらぬ様子で立っていた。
既に、その体には傷はない。
だが、破れ、血に塗れた制服が、嫌という程に語っていた。
この男がやったのだ。
全て、この男の策略だったのだ。
「……新崎、康仁！」
朝比奈は、怒りに身を任せて吠えた。
対する新崎は笑顔満面で指を鳴らす。
次の瞬間、倒れていたC組全員の的からアラームが鳴る。
傷だらけの彼らは一斉に転移を開始し、溢れた黄金の光の中で彼は腕を広げる。
まるで彼らの悲鳴こそご馳走だとでも言うように。
愉悦を浮かべ、彼らの消える光の中を心地よさげに歩いている。
悪意ある行動の禁止。朝比奈はそのルールを盾にしようとも考えた。

だが、現状、新崎康仁には一切のペナルティは下されていない。

ならば、悪意は無かったと考えるべきか――何らかの裏技を使ったか。

いずれにしても、それを判断するのが学園の教師である以上、頼ることはできない。

最初から、学園側の主観など信じるべきではなかった。

彼女は強く歯を食いしばると、必死に心を落ち着かせる。

「雨森くんを誘導したのも、貴方ね新崎君。正々堂々なんて……よく言えたものだわ」

「正々堂々を先に破ったのは――いや、こんなこと言っても信じねぇんだろうな。朝比奈、お前は自分の都合のいい事しか考えない。だから何も守れないんだぜ？」

彼女は新崎の言葉なんて聞き流し、拳を構える。

分かっていた、こういうことを平然とする男だと。

だけど、心のどこかでは期待していたのだろう。

――新崎康仁と言う強敵と、真正面から戦ってみたい、なんて。

(そんなこと、欠片でも考えた私が間違っていた)

だから出遅れた。……この男への一欠片の期待が判断を鈍らせた。

ならばもう、一切の期待はしない。

この男は、悪だ。誰がどう言おうと、朝比奈は新崎康仁を認めない。

「雨森くんを返しなさい。さもなくば、力ずくで貴方を――」

強い覚悟を瞳に宿し、敵を前に最後の勧告をする。

しかし、そんな朝比奈を鼻で笑って。

最後まで聞くこともなく、新崎は真実を告げた。

「無理だよ。だって雨森のこと殺しちゃったし」


「…………………………は？」

入口の方から、一陣の風が吹き抜ける。

朝比奈霞は、愕然と目を見開いて、立ち尽くした。

「いや、ごめん。冗談だよ冗談。雨森は生きてるから安心しなって」

新崎は、満面の笑みでそう言った。

その言葉に、朝比奈はどこか安堵した。

嘘だった、雨森悠人は死んでない。

彼女はほっと息を吐き出して――。

「なーんて、言うと思った？」

「……っ!?」

続けられた彼の言葉に、胸が締め付けられるような思いだった。

「な、にを……」

「殺したよ、確実に殺した。確かにアイツは強かったけど、勝ったのは僕だし、手加減できるような戦いでもなかった。……ま、悪いとは欠片も思ってないけどさ！　ごめんねー朝比奈。お前の大切なクラスメイト、僕がぶっ殺しちゃった☆」

朝比奈霞は、察してしまった。

その言葉は、嘘じゃない。

この男は本当のことを言っている。

正義の味方として生きる彼女は、その言葉の『真摯さ』を理解してしまった。

どれだけ悪意が滲もうと、どれだけ辛辣な現実だろうと。

彼の言葉に、一切の嘘はない。……そう、察した。

――その瞬間、朝比奈の中で、何かが壊れた。

バキリと、心の中で音がする。

それは、正義の味方として、決して壊れてはならないものだった。

「あぁ、楽しいねぇ、朝比奈霞！　お前はまた僕に負ける！　現に、お前のクラスメイト、一体どれだけ殴り飛ばしたか！　あぁ、殺したやつもいたっけか！」

朝比奈は歯を食いしばることしかできず、なんとか絞り出した声には力もなかった。

「黙り、なさい」

「黙らないね！　僕はとっても楽しいんだよ！　ありがとう、僕らからの闘争要請（コンフリクト）を受け取ってくれて！　お前のおかげで僕は人を殺せた！」

正義の味方への、最大限の挑発。

この学園に来て初めて——朝比奈霞（かすみ）の顔に、憎悪が灯（とも）る。

それを前に、新崎康仁は愉悦で語る。

「そうだねぇ、ただの言葉じゃ、きっと理解が出来ないよねぇ。だから、実感を込めて、心から語ろうか。うん、そうしよう」

朝比奈からの威圧感が膨れ上がる。されど、新崎は動じない。

どころか挑発を更に強めて、彼は語り出す。

「さて、誰の話から聞きたい？　あぁ、やっぱりアイツの話から聞きたいかな？　朝比奈霞、お前が心の底から執着してた、あの男のお話さ！」

朝比奈は、拳から血が噴き出すほど握りしめる。

されど、それは新崎を増長させるだけのスパイスに過ぎなかった。

「いやぁー、強かったよ、アイツは。まさかあれだけ力を隠してるとは思ってもみなかった。多分、後にも先にも、僕をあそこまで追い詰める人間はいないだろうさ。でも、僕が勝った。万策尽くして卑怯（ひきょう）も奇策も費やして……残ったのは潰れた肉塊、それだけさ」

もはや、言葉は無かった。

朝比奈は雷鳴を纏い、一気に新崎へと襲いかかる。

対し、新崎はその拳を真正面から受け止める。

遺跡へと凄まじい衝撃が響き、砂塵が舞い、洞窟の壁が震える。

朝比奈は、憎悪を隠すことなく迸らせて。

新崎は、なおも変わらぬ笑顔で言った。


「くっだらねぇ死に方だったよ、雨森悠人は！」

声にならない悲鳴と共に、更なる雷が響き渡る。

☆☆☆

「殺す！　殺してやる……！」

「ひゃは！　正義の味方のセリフじゃねぇな！」

朝比奈の浮かべた殺意に、新崎は笑った。

次の瞬間、目の前から朝比奈の姿は消失し、周囲から連続して地を蹴る音が響き渡る。

稲妻の速度は、最低でも秒速二百キロメートルとされている。

音速のおよそ六百倍。
しかしそれは、あくまでも最低速度だ。
最低速度は、秒速二百キロメートル。
対する最高速度、秒速にして――およそ、十万キロメートル。
音速の、優に三十万倍。
無論、今の朝比奈が最高速を出せるとは思わない。
出せても最低速度と言った程度だろう。
――だが、その最低速度でさえ、人の目に追えるものではない。
「はァっ！」
情け容赦なく、朝比奈は新崎の後頭部へと回し蹴りを叩き込む。
頭を叩き割るつもりで放った一撃。
それは、真っ直ぐに彼の頭蓋へと吸い込まれた。
されど常人には知覚も出来ぬような一撃は――しっかりと、男の目には映っていた。
「遅っ、なにそれ蠅が止まりそう」
カウンターを合わせるように、新崎の蹴りが放たれる。
朝比奈はとっさに回避をするが、制服の一部が今の蹴りによって【裂かれ】てしまう。
「……ッ」

「おっしいなー。当たってたら、スパッと切れてたはずなのに」

驚きに見れば、新崎の右脚からは刃が伸びている。

そうだ、この男はB組全員の能力を保有している。

ならば、この現状にも納得できる。

おそらく、B組の中に【視力強化】の異能力があるのだろう。

でなければ、稲妻の速度を見切るなど不可能が過ぎる。

「くっ、貴方は……本当に！」

「殺したって言ってるじゃーん。しつこいよ？」

そう言いながら、新崎は大地を蹴る。

瓦礫の転がる不安定な足場の上でさえ、その速度は今まで見てきた中でも最高だった。

手を抜いていたのか、と朝比奈は回避に移るが、その間違いは新崎の口から否定された。

「いやー、雨森には感謝してんだ……ぜっ！」

拳が大地に突き刺さる。

凄まじい衝撃と共に瓦礫が周囲へと撒き散らされた。

朝比奈はそれを前に思わず速度を緩めると、その一瞬をつかれ、新崎の手によって地面へと押し倒される。

マウントポジション。最悪の体勢だった。

「ぐ……！」

「訓練より、強いヤツとの実践が何倍も実力が伸びる。これ、異能でも同じことが言えるみたいだねぇ。僕もけっこーマジになってやり返したんだけどさ、雨森のおかげで随分と強くなれちゃったよー。人を殺してレベルアップ、みたいな？」

「こ、この……ッ！」

朝比奈は憎悪を燃やして雷を放つ。

その直前に、新崎の拳が彼女の顔面へと突き刺さった。

「うるせぇよ、パチモンが」

真っ赤な鮮血が噴き上がる。

朝比奈霞は生まれて初めて感じた激痛に、思わず呻き。

その瞬間を見計らって、平手打ちが彼女を襲った。

「なぁ、なぁ？　なんなんだよお前。もしかして、お前の方が僕より強いと思ってた？　ただの雷使いごときが？　冗談でしょ。弱点の塊みたいなヤツじゃん、お前」

そう言われて、朝比奈も自分の弱点には思い至った。

先程の【瓦礫】もそうだ。

速度が増せば増すほど、衝突した時のダメージも大きくなる。

空中に無数に散った瓦礫の中で高速移動しようものなら、彼女の体へと無数の瓦礫が稲妻の速度で突き刺さるだろう。……だからこそ、動けなかった。

その瞬間を狙われた。

再び朝比奈の頬へと平手打ちが入る。

「お前、弱すぎんだよ。正義の味方……だっけ？　冗談キツイよ。弱っちい奴が、自分の力は凄いんだぞーって、慢心して？　自慢して？　そんでもって何、これ、この現状？　誰も守れてないじゃないの」

「……ッ、……！」

何も言い返せない、その通りだったから。

その反応に新崎は目を細めると、再び拳を振り上げる。

「――ッ!?」

その瞬間を、朝比奈は狙った。

溜めていた雷を一気に放出。新崎が一瞬硬直した隙を見計らって彼の下から抜け出すと、そのまま大きく距離を取った。……取らずには居られなかった。

たったの三発。……それだけでも、生身の彼女にはダメージが大きすぎたから。

「……はぁ、はあっ、はぁ……」

「あーあ。めんどうくさいなー、まーた捕まえるの。僕はさっさと残りの連中を狩りに行きたいんだよねー。星奈も、そろそろ潰していいでしょ。僕を裏切ったんだから」

「……お、お前！」

再び、朝比奈は大地を蹴って走り出す。

先程よりも大きな電圧、大きな雷を体に纏う。

それにより、速度はさらに向上したが――

「だから何さ、遅いって言わなかった？」

新崎の腕から盾が生まれる。

放出した雷は全て盾によって防がれる。

朝比奈霞の最も特出した力は【速度】でもある。

圧倒的な速度による遠距離攻撃と、移動速度、物理攻撃。

それらにより相手を一撃で屠る。

それが本来の朝比奈の力。

だが、それも【速度に付いてこられる相手】には意味もない。

（くっ……間違いないわ、見られてる！）

これだけの速度で動いていながら、新崎は朝比奈の姿を捉え続けていた。

並の能力ではここまでの視力は手に入らないはず。

間違いなく、王か、加護か、高位の【視力強化】能力のはずだ。

（落ち着きなさい……朝比奈霞。もともと、一筋縄で勝てる相手ではないと分かっていたでしょう。……一度、雨森くんについては忘れる。抱えた状態で、怒りに身を任せて勝てる相手じゃないでしょう！）

彼女は、ふと立ち止まる。

怒りに身を任せれば任せるほど、相手の思う壺。

彼女は天を仰いで深呼吸をする。

その姿を見て、新崎は首を傾げた。

「んん？　なに、もしかして諦めた？」

その言葉も、挑発だ。

朝比奈霞は言い聞かせる。

今すべきは、この男を倒すこと。

雨森悠人は、生きているのだと信じる。

それしかない。今は、それしか出来ない。

自分の無力さに吐きそうになるけれど。

自分で自分をぶん殴りたくなるけれど。

後悔も怨嗟も憎悪も全て、後で嫌ってほどにするとして。

今は、この瞬間だけに注力する。

「すぅ…………ふぅ」

「……はぁ。落ち着かないでよ。せっかく煽ってんだからさ」

新崎が、ここに来て初めて拳を構える。

それを見据えた朝比奈は、鼻から滴る血を拭う。

「……まず、ごめんなさい。殺すと言ったのは撤回するわ」

溢れ出す憎悪も、息に乗せて吐き出した。

血が上った頭も、流血により冷めてきた。

「新崎康仁。貴方は嘘つきよ。だから、雨森くんが死んだだなんて、それも嘘。私は決して信じない。貴方の言葉は何も信じられない」

「あっそ。好きにしたらいいよ、事実は変わらない」

心の底からの、本音に聞こえる。

けれど、その『真摯さ』すら彼の演出した嘘、と言う可能性もある。

だから今は、疑念は置いておく。

今はただ、この男を倒す。そのためだけに。

「――宣言するわね、新崎君」

正義の味方は宣言する。

相反する正義の味方へ。

敵意の限りと、覚悟の限りを込めて言う。

「貴方に勝つわ。徹底的に」


少女は駆ける。

無意識のうちに掛けていたリミッターを、強烈な意志で叩き壊して。

先程とは質も量も完全に異なる膨大な雷を、その身に降ろす。

新崎(しんざき)はその瞬間、朝比奈の速度が一気に増したのが分かった。

「……それが出来るなら最初にしなよ。舐(な)めプとか……酷(ひど)いことするね」

「出来てもやりたくなかった奥の手よ。『自傷覚悟』だなんて嫌いだもの」

言いつつ朝比奈は、冷静に鑑みた。

新崎康仁は、複数の能力持ちだ。

その数は優に『二十七』。

四季(しき)いろはを除き、Ｂ組全員の能力を手中に収めている。

故に、大抵の状況には対応出来るだけの力はある。

——だが、使いこなせるかどうかは、また別の話だ。

「新崎君」

駆ける駆ける。

凄まじい速度で駆ける朝比奈へ、されど新崎は動じない。

それを前に、朝比奈は今一度深呼吸をして。

「──もう一段階上げるけれど、ついてこられるかしら？」

「……ッ」

新崎が焦りを見せた、次の瞬間。

朝比奈の姿が、霞のように掻き消えた。

いや、速度が爆発的に跳ね上がった。

それを前に……緩急に、新崎は一瞬、その姿を見失った。

──直後に、衝撃が駆け抜けた。

「が……っ!?」

「『雷撃』」

新崎は、自らの横腹へと視線を落とす。

そこには稲妻を纏った朝比奈の姿があり、彼女は拳を新崎の横腹へと叩き込んでいた。

「こ、の……！」

新崎は拳を振るうが、その時には既に朝比奈の姿は消えている。

先程までとは、文字通り【桁】が違う。

それだけの速度を、この足場の上で出している。

通常の地面であれば、間違いなく今以上の速度が出ていただろう。

そうなれば、おそらく、目で追うことも難しい。

いいや、今でも――

「あら、どうしたの?」

背後から声が響き、新崎は裏拳を叩き込む。

だが、その裏拳は彼女の片手に受け止められ、その光景に新崎は歯噛みする。

体育祭の日、黒月を助けに入った朝比奈の姿が脳裏にちらつく。

「私の力は……電圧を上げるほどに体にダメージが蓄積するけれど、上げるほどに速度が増すし、力も増す。……だからこの電圧は、さほど長い時間は使えないけれど――」

気がついた時、新崎の体は大きく吹き飛ばされていた。

力任せに投げられた――と気が付くまで時間はかからなかった。

一瞬で上空へと吹き飛んだ新崎、その笑みは少し引き攣っているようにも見えた。

「マジ、かよ……!」

「マジよ」

短い声と共に、彼の上からかかと落としが叩き込まれる。

新崎も咄嗟にガードしたが、勢いは殺せずそのまま遺跡の中心へと叩きつけられた。

凄まじい衝撃と舞い上がる砂塵。朝比奈は折れた石柱の上へと着地すると、舞い上がった砂が止むまで、一時的に能力を切って息を吐く。

（……ッ、やっぱり、キツいわね。あと一分も持てばいいのだけれど）

この力は正真正銘、朝比奈霞のとっておき。

わずか数分しか使えない。

使い切ってしまえば行動不能になってしまう。

だから、自分が使い物にならなくなる前に、相手を倒しきらなきゃいけない。

――けれど、彼が相手だとそれが難しい。

「く、は、ははははは！」

笑い声と共に、砂塵が吹き飛ぶ。

彼が胸元に装着した的は未だ健在で、ダメージもさほど大きくは見えない。

圧倒的な耐久力に、仮に傷つけてもすぐさま癒える再生能力。

加えて雷速に迫る身体能力と、数多くの異能まで持っているのだから嫌になる。

朝比奈は静かに異能を再起動すると、電圧を少しずつ上げていく。

「すごい、すごいや！　正直侮ってたよ朝比奈霞！　雨森も、お前も、力を隠すことに何かルールでもあるのかなぁ！　でもね、でもね！　力を出した雨森を、僕は殺せたよ！お前もきっと、同じことになるんじゃないかなぁ！」

「……本当なら、もう、救えないわね」

「あぁ、そうさ、雨森はもう——」

「あなたが救えないと言っているのよ、新崎康仁」

怒り。この感情がそう呼ばれるものだと彼女は知っていた。

そしてきっと、正義の味方としてこの感情は正しくないのだろうと、同時に思う。

正義とは、秩序を示すもの。

物事の道理を計り、誰しもが平等に生きられるよう整えるもの。

であればそれは、一種のシステムと呼んだ方が正しいだろう。

そういう考えを……遠い昔、朝比奈は誰かから聞いた覚えがあった。

『いつだって冷静に、感情など排して正義に徹する。機械のように、そういうシステムとして善を尊び、悪を排する。極論を言えば、正義の味方はそういうモノだよ』

その言葉に、一切の反論は出来なかった。納得してしまったからだ。

仮に、全てを公正に物事を判断できるなら、その人物こそ正義の味方に相応しい。

そしてそれが正義の完成形である以上……なるほど、彼女は正義の味方とは程遠い。

——しかし、だからなんだと少女は開き直る。

(間違いで結構！　そんなものは最初っから目指しちゃいないわ！)

頭は冷静に、されど胸の内には激情が揺れる。

正義の味方である前に——自分は一人の人間なんだから。

仲間を傷つけられたら怒るし、加害者には相応の怒りを向ける。

そう言った当然の感情まで、否定するつもりは欠片もなかった。

大切な人たちのために怒ってはいけないのなら——そんな窮屈な正義は要らない。

正義も取るし、大切な人たちを大事にも思う。

強欲だとは思っていても、彼女が目指すべき先は絶対に揺るがない。

かつて憧れた背中は……もう、思い出すことはできないけれど。

少なくとも朝比奈霞が憧れた正義の味方は、仲間のためにちゃんと怒れる人だった。

彼女が目指したのは、【他人のために怒れる正義の味方】なんだ。

「新崎君、私はとても怒っているの」

機械としては失格で、されど人間としては正当な感情。

彼女は胸を張って『理想の正義』を切り捨てて、己が描く正義の味方として立った。

「どうしても反省しないというのなら、もう、手段は選ばないわ」

眩いほどの雷鳴により、空気が灼ける。

信じられないほどの熱量の中で、彼女は真っ直ぐに『敵』を見ていた。

「一度、痛い目に遭って反省なさい！」

「はっ、そんなのは僕に勝ってから言えよ、正義の味方ァ！」

――そして、最後の攻防が始まる。
彼女は雷鳴を纏い、足場にしていた石柱を蹴る。
踏み砕かれた石柱は粉々に。彼女は一筋の雷光となって突き進む。
小細工など、不要。ひたすらの速度を以て、一撃で新崎康仁を叩き潰す――。
身に纏っていた雷を、掌へと集わせた。
「【雷神刀】」
圧縮。凝縮。具現。
膨大な熱量を孕んだ雷を、たった一本の刀へと集約する。
帯電の嫌な音が響き渡り、新崎は巨大な盾を召喚する。
この一撃を堪え切れれば、朝比奈はガス欠で自滅する。
そう考えた上での、防戦。
――しかし、新崎はこの局面で致命的な判断ミスを犯す。
彼女こそは雷鳴の化身。
人智及ばぬ自然の具現。
理不尽の権化。
故に、その力は人の身で防ぐには不条理極まる。
「悪いわね、新崎君」

稲妻が一閃。

盾すら貫き、的を砕いて、肉を穿つ。

後に残ったのは、誰の目にも分かる『勝敗』のみ。

彼女は雷の刀を振り払う。

背後を振り返るのと、新崎が倒れたのは同時のことで。

「私は強いわ。あなたより」

アラームが鳴り響き、新崎康仁の敗北が決定した。

☆☆☆

市呉両 名。

新崎康仁の、中学時代のクラスメイト。

一つ前の席になった、なんのことは無い最初の友達。

「新崎くんは……すごいよね。もう、クラスの中心人物だもん」

新崎は、クラスの中心人物だった。

裕福で頭脳明晰。運動神経も抜群で、社交的で、何より優しい。

非の打ち所が見当たらないほどのカリスマ性が、学校が始まって一週間足らずで彼をその地位へと押し上げていた。

「なーに、大したことは無いさー」

新崎康仁は、いつもの笑顔でそう返す。

万人を安心させるような優しい笑顔。

絵に描きたくなるような完璧な笑顔。

清々しく、不快を一切感じられない笑顔。

それを前に、市呉は眩しそうに笑った。

「大したこと……あるよ。僕とは大違い」

「違ったとしても、優れてるとは限らないんだぜー」

「違うよ。新崎くんは、僕よりずっと優れてる」

市呉両名は、貧乏だった。

幼くして父親を亡くし、母親との二人暮らし。

年齢を誤魔化してアルバイトを行い、母親もパートの仕事を幾つも重ねて生計を立てている。加えて父親が残した借金の影響で身の回りのものを買い揃えるだけの金も足りていない。慢性的な貧乏の典型だった。

そんな少年にとって、新崎康仁は眩い光。憧れの人。

市呉は、どこか眩しそうに新崎を見ていた。

「僕もちょっと、救われてるんだ。新崎くんが友達になってくれてたから。新崎くんと話してる時だけ、心が軽くなった気がする。……いつもありがと。新崎くん」

「……急になに、やめてよねー？　照れちゃうよ。いやほんとに」

新崎は困ったように、照れて笑う。

それは新崎の本心だったし、市呉の本心だった。

二人は互いに、心の底から話し合える相手だった。

正反対に位置するからこそ、一緒にいて居心地のいい相手だった。

二人は、誰もが認める親友だったんだ。

「おーい、新崎！　サッカー行こうぜ！」

「ん？　あー、おっけー。今行くよー。市呉も行く？」

「あはは、僕は遠慮しとくよ。アルバイトに体力残しとかなきゃ」

市呉はそう言って苦笑いする。

その姿に新崎は一瞬だけ不満を浮かべながらも、無理を言うのは良くないか、と納得し、市呉の元を後にする。

「んじゃ、ちょっと行ってくるねー」

そう言って歩き出す新崎を。

市呉は、楽し気な表情で見送った。

「うん、行ってらっしゃい」

――それが、二人が親友として交わした最後の会話だった。

★★★

「…………はぁ？」

翌日、市呉両名は転校していた。

それは、新崎康仁にとって青天の霹靂だった。

あまりにも唐突で……急だった。何も知らされていなかった。

その日、先生から『理由も語られず』に転校したと告げられて、新崎は困惑した。

焦って、困って、気がつけば駆け出していた。

「し、市呉！」

彼の家の場所は、担任教師から聞き出した。

初めて見た市呉の家は、あまりにも酷い有様だった。

家具はめちゃくちゃに倒され、天井から水が滴り、室内には水たまりが出来ている。
そんな悲惨な状態を、家の外から確認できるほど……その家は穴だらけで。
扉は錠が壊れて機能を成さず、その家の前で、市呉の母親と思しき女性が泣いていた。
「市呉……お、お前……」
その隣に立ち尽くす市呉両名。
この家が、最初っからこの状態でなかったことくらいは分かっていた。
何かがあって、人が暮らせぬほどの有様になってしまった。
ならば、何故、どうして。
疑問に次ぐ疑問。
どうして、こんな状況になっている？
新崎は、考える。考え続ける。
——……いいや、本当は最初から分かっていた。
この家を見て、二人の反応を見るより先に。
彼の転校を聞いた時点で、天才である新崎は、可能性として考えていた。
「——康仁。こんな所で何をしている」

背後から、今、最も聞きたくなかった声がした。

驚きはなかった。ただ、絶望と共に背後を振り返る。

そこには黒塗りの高級車が止まっている。

ドアが開き、その中から新崎康仁の父と母が姿を現した。

「父さん……か、母さんまで！」

父は普段と変わらず厳しい顔で新崎を見据えていた。

母はいつも通りの笑顔を浮かべていた。

二人の姿は家で会う時と……何ら変わらない。

厳しいけれど、優しくて、温かくて。

彼が心の底から大好きだった家族が、目の前に立っていた。

……吐き気がした。

理由なんて考えたくもない。

考えてしまえば、何もかも壊れてしまいそうな絶望の中。

ただこの時ばかりはいつも通りの家族が――心底気味悪く思えた。

「康仁、なにをしているの？」

「な、何をって……二人こそなんでここにいるんだよ！」

「なんでって……それは――」

新崎康仁は叫んだ。

そうじゃないだろう。

僕の考える最悪じゃないはずだ。

心の底からそう祈って。


「康仁に相応しくないお友達を、排除してただけよ」


母親の言葉に、彼は膝から頽れそうになった。

辛うじて耐えられたのは、絶望よりも気持ちの悪さが勝ったから。

脱力よりも吐き気が勝ったから。

大好きだった両親が、彼の中で化け物へと姿を変える。

温かな思い出は砕け散り、残ったのは彼らに対する別種の想い。

——こいつらは、本気でそんなことを思っているのか？

心の底から、両親の正気を疑った。

「ふ、ふざけるな、ふざけんなよ！　何してんだよ！　市呉は僕の大切な友達だぞ！　それを……親の都合で勝手に決めつけてんじゃねぇよ！」

「親の都合？　子の分際で何をほざく」

父親の厳格な声が、今は苦しかった。

その根底に感じていた優しさは、偽物だった。

勝手に感じていただけで、本当は存在していなかったのだと——今にして思い知る。

「子は、親の道具だ。今まで貴様にどれだけの投資をしたと思っている。どれだけのレールを敷いてやったと思っている。お前が今、何一つ不自由なく生きていけるのは誰のおかげだ？　俺だ。俺のおかげだ。康仁（やすひと）よ」

「……ッ、おま、えは……ッ！」

気がつけば、新崎康仁は父親の胸ぐらを摑（つか）んでいた。

歯を思い切り食いしばり、拳を限界まで握りしめる。

怒りと憎しみと、頬を伝う悲しみだけがそこにはあった。

「なんで……なんで！　なんでそんなこと……」

「康仁。私、言ったわよね。優しい人間になりなさい、と。誰にも平等に優しさを配る人間になりなさいと。……その言葉、少し訂正させてもらうわね」

母親は、新崎康仁を前に言葉を重ねる。

「優しさを与えるのは人間に限りなさい。人間とも思えない下民に優しさを配るのはやめなさい。それは、新崎の家名に泥を塗る行為なのだから」

——雨が、降り始めた。

その雨は彼らを濡らす。
もう、涙なのか雨なのかも分からない。
雨がしみ込んだ制服は体にべったりとへばりつき、不快に顔を歪める。
両親もまた、傘を差す素振りはない。
使用人が傘を差しだそうと一度は試みるも、それを母が止めた。
まるで、『大切な教育の時だから、邪魔しないで』とでも言いたげに制して。
そんな自分の姿に、満足げに微笑んでいるところを新崎は目撃する。
……ああ、そっか。
今になって、母の笑顔が『優しさ』から来るものではないのだと理解する。
彼女は息子のことを愛していたわけではない。
ただ、【良き母親】をしている自分に酔っていただけなんだ。
だから、自分を母親にしてくれる新崎を、父同様に『道具』として扱っていた。
丁重に、壊れぬように、嫌われないように。
空っぽの笑顔を浮かべて、偽りの優しさを振りまいてきた。
——そんな自分にすら酔っていたから、彼女はいつも笑顔だった。
「…………くそ」
全部全部……嘘だったんだ。

父に感じていた優しさも、母に感じていた優しさも、勘違いだったのだ。

父は、息子のことを道具程度にしか思っていない。

母は、息子を自己満足のために利用しているだけだった。

「ふざけるな」と。

地獄のような現実に、考えるより先に声が出た。

「家名がなんだ、優しくする人間を選別しなきゃ生きてけないような家、最初っから汚れてるようなもんだろが！」

口をついて出た言葉は、新崎(しんざき)康仁の本音だった。

「僕は絶対にアンタらを認めない！　コイツは僕の友達だ！　誰がなんと言おうと――」

「あら、そうなの？　てっきり、ただの使いっ走りかと思っていたわ」

新崎の決意に、母親は白々しく首を傾(かし)げ言う。

「だ、ってあなた、笑、って、る、じ、ゃ、な、い」

「……っ!?」

驚き、自分の顔へと手を当てる。

足元の水たまりに映ったのは、満面の笑みを浮かべる自分の顔。

怒りを、憎しみを、正義感を。それを塗り潰すほどの絶望が押し寄せる。

「な、んで……！　し、市呉……！」

「……新崎、くん」

振り返った市呉は、自分以上の絶望を浮かべていた。

その絶望が、新崎の表情を見てさらに深まる。

その瞬間、新崎の心が悲鳴を上げた。

「笑って、るね。いつもみたいに」

「違っ、違う！　これは、これは……っ！」

叫ぶ新崎の肩に、母親が手を乗せた。

「いい子ね、康仁。いつも笑顔を絶やさない。私の教えをしっかりと守ってくれてありがとう。私の自慢の息子。愛してるわ」

その言葉は、新崎康仁の心を深く抉った。

不快感という明確な形を以て、彼の心を侵食した。

彼は咄嗟に母親の手を払う。

されどもう、手遅れが過ぎた。

「新崎、くん。……もういいよ。もう、いいんだ」

「し、市呉！　で、でも……！」

「――もうっ、いいって言ってるだろ!!」

それは、初めて聞いた親友の怒りだった。

親友だった少年の、叫び声だった。

「もういいよ、放っておいてくれ！　僕は……君のこと親友だと思っていた。今にして思えばそんなことあり得ないのにね……っ！　こんな……こんなみじめな気持ちになるなら、君となんて出逢わなければよかったんだ、新崎康仁！」

「……っ、……！」

否定したくても、言葉が出てこない。

笑顔から、表情が変わらない。

【あれっ、悲しい表情って、どうやって浮かべるんだっけ？】

そう考えている自分に気が付き、新崎の絶望はさらに加速する。

彼はもう、笑顔以外の表情を忘れてしまっていた。

「もう二度と……僕らの前に現れないでくれ。新崎康仁……」

かくして、市呉両名は母親を連れて家の中へと戻ってゆく。

きっと、遠からず二人は遠く離れた場所へと行くのだろう。

二度と、会うことも無いのだろう。

新崎は、離れていく市呉の背へと手を伸ばす。

だけど、家の扉は強く閉ざされ、もう、姿も見えなくなってしまった。

「……康仁。帰りましょう？　濡れると風邪をひくわよ」

清々しい綺麗事が聞こえた。良き母親らしい声が聞こえた。

その優しさも——今では不快以外のなんでもなかった。

そして新崎康仁の中で、何かが壊れた。

それは、誰もが従うカリスマ性か。

親友との信頼関係か。

両親との今までの思い出か。


あるいは、心か。


何かが壊れて、新崎康仁は笑った。

清々しいくらいの綺麗な笑顔を。

影一つない最高の笑顔を浮かべて、両親を振り返る。

「あぁ、そうだね。父さん、母さん」

★★★

その日、華族・新崎家は滅んだ。

父親は殴殺され、母親は斬殺された。

犯人は不明、犯行理由も不明。

残されたのは息子の新崎康仁ただ一人。

多くの同情が寄せられる中。

骨となった家族の死体を見下ろして。

少年は、それでも笑顔を絶やさない。

そういう風に、学んできたから。

「あぁ、この世は悪ばかり」

この世界には悪が満ちている。

自分の両親でさえそうだったのだ。

この世にはどれだけの悪が満ちているのか、想像もつきやしない。

だから、せめて、自分だけは……。

「自分だけは、正しくないと。理不尽な悪に……正義の面を被(かぶ)った悪に害された。そういう人たちの――弱者にとっての正義の味方で在らねばいけない」
そうして、新崎康仁は今に至った。
社会から爪弾(つまはじ)きにされた。
彼は、そういうものたちの味方になった。
――だが一つだけ、理解しておかねばならないことがある。
それは新崎康仁が、とうに狂い果てているということ。
親友を失い、自分の今に絶望し、両親を手にかけて。
それでもなお、母親の言葉だけは忘れない。

【常に笑顔たれ】

今日も彼は、笑顔で立ち上がる。
満面に狂気を浮かべて、壊れた正義を執行する。

☆☆☆

【一年B組全滅につき、勝者はC組となります。転移まで、今しばらくお待ちください】

どこからか響いてきた放送に、朝比奈は大きな驚きを隠せなかった。

「……っ、B組が……全滅？　新崎君が最後……だったとでもいうの？」

振り返るが、倒れ伏した新崎が動く気配はない。

……死んではいない。新崎はこの程度で命尽きるほど軟弱ではない。

だが、今すぐ起こして情報を聞く……というのも難しいだろう。

どれだけ新崎が耐久力に長けていても、朝比奈霞の全力を受けたのだ。

しばらくは目を醒ますこともないだろう。そう、彼女は結論付けた。

「……っ、そうだ。雨森くんを、捜さないと」

どうしてB組が全滅しているのか……考えても全く分からない。

けれど、C組が勝ったというなら、それ以上考えることは無いのかもしれない。

そう割り切って、彼女は今まで考えないようにしてきたことへ思いを馳せる。

朝比奈は大きく息を吐くと、新崎から視線を逸らして歩き出す。

新崎は殺したと言っていたが、冷静になって考えれば、殺したという証拠はどこにもない。きっと大丈夫、雨森は生きている。

朝比奈はそう考えて歩き出し。

――ズサリと、背後で何かが立ち上がる音がした。

「――――ッ!?」

咄嗟に距離をとって振り返る。

そこには、アラームを鳴らしながら立ち上がる新崎康仁の姿があった。

「な……なぜ……ッ」

どうして起き上がれる。咄嗟に考えたけれど、そんな思考もすぐに吹き飛ぶ。

だって、立ち上がった新崎康仁からは、先を上回る威圧感があふれ出していたから。

「あ、アラームは鳴っているわ！　新崎君、貴方は負けた！　なら、もう立ち上がっても意味が――」

「…………………」

俯いていた新崎は、声に応じて朝比奈を見据えた。

その瞳を受けて、その奥に灯る暗い光を見て。

朝比奈は、未だかつて無い寒気に襲われた。

「……!?　い、いや、貴方は……ッ」

新崎は、脱力したように立っている。

それは、まるで死体のようだ。

既に動かなくなった遺体をゾンビのように操っている。

そう言われた方がよっぽど信じられる。

朝比奈は、思わずゴクリと喉を鳴らした。

膝が震える。それは武者震いでは、なかった。

――それは、恐怖だった。


「――貴方は、新崎君じゃないわね？」


その一言が、決定的になった。

新崎康仁だった【モノ】の、姿が歪む。

まるで新崎の皮を被っていたように、ぐにゃりとその姿が歪んで――次の瞬間には、全く別の男がその場には立っていた。

その姿に、朝比奈霞は打ち震えた。

『堂島先輩が入ってくる前、新崎の怒鳴り声で目が覚めて……その時に、黒いローブを羽織った人物が確かにいた』

ふと、雨森の言葉を思い出す。

その男は、烏の濡れ羽色のローブを纏っている。

全身から溢れ出す威圧感は他の比ではなく。

その恐怖は、留まることを知らない。

「おめでとう、朝比奈霞。一度目は君の勝利だ」

それは、全く聞き覚えのない声だった。
朝比奈霞は、新崎と戦っていた時よりも警戒を強めた。
全身全霊、全神経を費やして。
――なお、届かなかった。
バチリと、【黒雷】が走り抜けた。
それは、朝比奈霞と同系統の能力。
そして、上位互換に位置する力だった。

「そして、二度目は君の敗北だ」

背後から声がした。
朝比奈は限界まで目を見開いて振り返り。
再び、黒い雷が目の前で弾けた。

☆☆☆

遺跡の入口へと強制転移した四季いろはは、驚いたように振り返った。

「あれっ？　まさか……悠人ったら、やられたの？」

「お、お前……四季！　やっと来やがったな！」

ふと、近くで聞き覚えのある声が聞こえた。

声の方を見れば、出待ちしていた倉敷蛍が四季へと詰め寄ってきた。

「説明しやがれ！　どうして私より先に新崎の野郎が負けてんだよ!?」

「え？　あぁ、それ？　単に悠人に負けたってだけよ」

なんでもないというふうに、四季は言った。

B組全員に囲まれて。

異能すらも封印されて。

それでもなお、雨森悠人は勝利した。

完膚なきまでに新崎康仁を叩き潰した。

それこそ、言い訳を挟む余地もないくらいに。

「そ、それは……」

「それでね。悠人と私の『的』を交換したの。ルールにはそこらへん記載無かったでしょう？　だから、交換。私がやられれば悠人が転移して、悠人がやられたら私が転移する。で、私は悠人の的と一緒に転移するから、私が転移したが最後、悠人の的は誰も壊せないことになる。すごいわよね。ルールには反していないのよ、これ」

「……反しては、ねぇ、……けどよぉ」

確かにルールには反していない。

だが、真正面から戦うと決意していた朝比奈、新崎の両名をあざ笑うように、あの男は平然とルールの裏を走り抜けたわけだ。倉敷としては『クソ野郎』以外の感想が無い。

「でもって、変身の力で新崎に化けてたみたいだけど……見た目は変わっても悠人は悠人ね。カッコよかったわ！」

「つーことは、やっぱり私たちはあのクソ野郎にボコられたわけか……」

あの後、さほど時間が経たずに送られてきたC組のクラスメイトたち。

多くが意識を失っていたが、数名はまだ喋れるだけの余力があった。

彼らが言うには、新崎康仁がC組の全員を一方的に屠ったらしい。

だから、自分たちよりも先に新崎が脱落していると聞き、愕然と目を見開いていた。

そして、少し遅れて『四季を除いて』全員がリタイアしたB組を見て、倉敷も雨森悠人が動いているのだと理解した。……理解していたが、まさか……。

「……イカれてるぜ。演技でクラスメイトを瀕死にするかよ」

未だ、C組のほぼ全員が意識不明の重体だ。

それは、情け容赦なく本気の拳で殴られた証拠。

常日頃から頭のおかしい男だとは思っていたが……想像を軽く超えてきた。

「まぁ、悠人の考えることは分からないけれど。私は悠人を信じるだけよ。というか、他の誰がどうなったってどうだっていい。私は悠人の傍に居るだけで幸せだもの」

「……お前も大概だよ、イカレ野郎」

そう言って、倉敷は入口へと視線を向ける。

その奥から、黒い雷が入口まで届いている。

その光景に、倉敷はさらに顔を歪めた。

だってそれは他でもない──雨森悠人の【もう一つの異能】だったから。

☆☆☆

この終局に至り、僕は今までを振り返る。

僕はあの後新崎を倒し、B組全員を黙らせて、四季から的を借りて新崎に化けた。

そんでもって、C組のクラスメイトを殴って回った。

魔物たちの殲滅は、新崎と戦っていた合間に片手間で終わらせた。

とりあえず千体ほど霧生物を向かわせたので、殲滅には五分もかかっていないだろう。

榊が事前に言っていた通り、さほど強い魔物は居なかったから助かった。

──とまあ、今までの情報を改めて確認、まとめていたのだが、強烈な視線を感じて思考を止める。その方向を見ると……こちらを睨む朝比奈と目が合った。

彼女の右腕は制服が弾け飛び、腕からは蒸気が上がっている。

「ほう、今のを躱すか」

一応、的ごと胸を貫通させるつもりだったんだけどね。

それが……まさか急所を躱されるとは思わないじゃん。

それに、僕の異能を受けた割にはダメージが少ない。

さすがに雷神の加護所有者に同じ【雷】勝負は無謀だったかな。

まぁ、耐性があるのなら倒れるまで打ち込むまで、だけど。

「貴方は……八咫烏、で、間違いないわね？」

「無論」

短く答えると、彼女は大きく息を吐く。

「……本物の新崎君は？」

「なに、開始直後に雨森悠人と戦っていたのでな。横槍で仕留めさせてもらった」

「……雨森くんは？」

「質問が多いな。答える義理はない」

だって僕だもの。

心の中でそう答えると、彼女は僕を睨みつけた。

彼女の小さな体から、凄まじい威圧感と怒気を感じる。

それは、雨森悠人には決して向けられない朝比奈の敵意。

……なるほど。これがC組最強、朝比奈霞の全力か。

いやー、新崎面してだいぶ見学させてもらったが、強いね。これは強いわ。堂島が朝比奈の下に付くのが分かる。コイツが本気出したら未来が見えていようとなんだろうと勝ち目はないと思うしね。

——ただ、朝比奈霞は『本気の出し方』を履き違えている。

無茶をするのはいい。無理を通すのも構わない。

だが、異能でそれをするのだけは絶対にダメだ。

自身で『自傷覚悟』とは語っていたが、いずれ自傷なんて程度じゃ済まなくなる。

「先の大幅強化……時に朝比奈、感情はまだ残っているか？」

「……なにを、言っているのかしら」

困惑して僕へと問う朝比奈。その表情から確かに感情が感じられて、少し安堵する。

そういう顔が出来ている以上、お前はまだ大丈夫だったんだろう。

多少体力を削る程度で、それ以外のものは無事だったと見える。

——少なくとも、今回は、だがな。

「知人に、異能の限界行使で感情を失った男がいる」

「……っ」

朝比奈は、何を、誰を思い浮かべたか、顔を青くした。

……その男はかつて、異能を限界超えて使用した。

その際に失ったもの——記憶、感情、そして表情。

力を得た代価にそれらを失い、出来上がったのは壊れた怪物。

無表情に、何の感動もなく生きる屍の出来上がりだ。

「そ、それって……」

「お前が誰を想像しているかは知らないが、おそらく別人だろう」

そもそも雨森悠人は嘘吐きなんだ。この話自体、僕の作り話かもしれない。

お前の急成長に怯えてしまって、咄嗟に嘘を吐いているだけかもしれない。

それに、お前が想像している男が『そう』なのだとしても、その男は入学以前から表情を失っていたはずだ。それでも説明を通すなら……あり得ない結論になるんだよ。それこそ——学園入学前から異能を保有していた、なんて馬鹿げた仮説に至る。

だから、きっと別人だ。

僕は、右手に黒い雷を走らせる。

さて、話はお終い。なら、そろそろお前のことも終わらそう。

僕の雷を見て、朝比奈の警戒心が一気に強くなる。

この手に纏う黒き雷――それこそが、雨森悠人に許された【第二の権能】。

僕の能力が唯一無二である、最大の特徴でもある。

「……まだやるつもり？　さっきまで、新崎君の体で散々戦ったじゃない」

「そうだな。あの程度を『戦い』と呼べるかは知らんが」

先の一戦、朝比奈は全力を最後まで振り絞り、勝利した。

彼女にとっては紙一重の勝利、満足のいく戦いだっただろう。

けど、僕から見れば、ただの『おままごと』だ。

……なぁ、朝比奈。

ぬるま湯での殴り合いは、もう十分楽しんだだろう？

なら、そろそろお前も、本当の戦いを、強さを知るべきだ。

雨森悠人、橘月姫。

それら『化け物』の域へと、お前もそろそろ来るべきだ。

でなければいつまで経っても、お前の『願い』は叶わない。

「正義の味方の大前提。お前はそれを違えている」

「――ッ!?」

彼女は、大きく目を見開いた。

だって、彼女の視線の先から僕の姿が消えたから。

「は、速――」

「雷神の加護。オレの下位互換の能力だな」

背後から声をかけると、彼女は僕へと拳を振るう。

雷撃……って言ったっけ？　けっこー痛かったやつ。

僕はそれを、指一本で受け止めた。

「ば――ッ!?」

「お返しだ」

僕は右手の指に雷を込めると、朝比奈の額へとデコピンを叩き込んだ。

瞬間、先程までのが児戯に思える衝撃が駆け抜けた。

周囲の遺跡なんて木っ端みじんに砕け散り、熱量が岩壁をも焦がす。

彼女は大きく吹き飛ばされて、あまりの衝撃に意識朦朧(もうろう)と倒れている。

「な、なん、なに、が……」

「あぁ、悪い。手加減を間違えてしまった」

怒るなら、僕相手にあれほど粘った新崎を責めてくれ。

うん、どう考えても異能封印とかいうくそチート使ってきた新崎が悪い。さすがに生身で殺せる獣じゃなかったので、ついつい本気出してぶっ飛ばしたわけだ。

その感覚が残っていたせいで、朝比奈相手にも同様の火力を出してしまった。

右手の指の雷を調節……うん、これくらいなら大丈夫かな。
そんなこんなで手加減の練習をしていると、朝比奈嬢はふらふらと立ち上がる。
「そ、それは……なに。私の、雷神の加護、より上……ですって?」
「それはそうだろう。この現状を見ろ。これが答えだ」
周囲には、破滅だけが拡がっていた。
たったのデコピン一発。
それだけで全てが壊れた。
歴史的な価値のある遺跡などどこにも無い。
今や、荒れ果てた『遺跡だったもの』があるばかり。
「……ッ、だと、しても! もう勝負はついたはず! これは明確な――ッ!?」
言ってる最中で、朝比奈も気がついた様子だな。
そうだよ、夜宴『八咫烏』は、あくまでも特別参加。
この闘争要請の【勝敗】には一切関係がない。
勝敗に関係ないということは、ルールに該当もしないはず。
だって、ただの特別ゲスト。
悪質な行為をしても退場はなく。
試合が決した後に勝負をけしかけても問題は無い。

そういう『特別』な存在として『参加』しているに過ぎない。

「予め、オレにルール内で制限をつけておくべきだったな。【八咫烏もまたこれらのルールに準じなければならない】とな」

少なくとも、黒月が居れば防げたであろう、程度の低い言葉遊び。朝比奈嬢とてルールの内容にじっくりと目を通していれば防げたであろう【ルールの穴】。

誰も気づいていないなら……そりゃ、利用するしかないでしょう。

「……ッ、こ、この――ッ！」

彼女は悔しげに歯を食いしばる。

……どうだよ、朝比奈嬢。

お前が望んだ『お前以上の雷使い』ってヤツだぞ。

お前を超える雷使いが居れば、成長できるんだろう？

参考になるし、学び取れるんだろう？

なら、思う存分、僕から学べ。

なんという奇遇か、運命の悪戯か。

お前が『雷神の加護』を手に入れたように。

僕もまた、雷の能力を手に入れていたからさ。

だから、遠慮なんてしなくていい。技術は全部盗んでいいぞ。

「来ないならば、こちらから行くぞ。自警団の長よ」

僕は、雷に乗って動き出す。

彼女が大地を駆け出したのは、それとほぼ同じタイミングでの事だった。

「はぁぁぁぁぁ!!」

朝比奈の、雷速の飛び蹴りが叩き込まれる。

それを片腕で防ぐと、彼女はいつの間にか用意した雷神刀を僕へと振り下ろす。

殺す気かよとは思うけど、殺されないので恐怖はない。

僕は高速で彼女の背後へと移動すると、その背中へと拳を当てる。

「雷とはこう使う。【雷撃】」

バチンッ！　と鋭い音が跳ねる。

彼女の体は一瞬にして硬直し、口の端から痛苦の声が漏れる。

その体を軽く蹴り飛ばすと、彼女は地面をバウンドしながら転がっていく。

さっきのデコピンで、あたり一面を平らに均した甲斐があった。

彼女の体は面白いくらい遠くまで吹き飛んで行き、数百メートル先の岩壁へと衝突してやっと停止する。彼女が勢いよく立ち上がったのはその直後だった。

彼女は再び駆け出した。

その速度は先程よりもずっと速い。

下手をすれば例の『自傷覚悟』にも並ぶ速度だが……それとは別物だと一目で察する。
……さすがは天才、もう力の使い方を変えてきたか。
なにも、常時雷を纏っている必要は無いんだ。
常時使うから体が疲れる、精神が削られる。
ならば、瞬間瞬間で最大火力を叩き込む形の方が消耗はずっと少ない。
結果、異能による長時間戦闘も可能になり、その延長で更なる使い方も見えてくる。
……その延長を教えようと思ったんだが、それも今の攻防で見抜かれたらしい。
ようは、『雷を溜める時間』が大切なんだ。
だから、異能を使わない時間を作ることで、雷を溜める。
雷を生み出した傍から放出してるため、朝比奈は中途半端な速度しか出せない。
それを瞬間瞬間で放出することで、今までとは桁の違う速度が出せる。
それをこの短時間で見抜いたことにも驚きだが……模倣した傍から形になってる。
まだまだ粗く、無駄も多い。朝比奈の技量が絶望的に足りてない。
だが、未熟でもその技術に指が掛かってるということに驚き、笑みを深めた。
「【雷神刀】」
僕も彼女の力を模倣し、彼女の刀を、黒い刀で受け止める。
「……っ、私の能力を——」

つばぜり合いから、数度の斬り合いに発展する。

といっても、互いに刀を扱う初心者。

力任せに黄金の刀と黒い刀をぶつけ合う。

その度に朝比奈の顔が歪み、僕の優勢が形となって表れてくる。

確かに朝比奈嬢の力はなかなかのものだが、元の筋肉量がまるで違う。

いくら同じ雷で強化しようと、元の筋肉が違えば強化される『率』も変わってくる。

そこに技量まで僕の方が上ときた。

なら、朝比奈嬢に押し負ける可能性なんて万が一つにも存在しない。

僕は刀ごと彼女を弾くと、そのまま彼女の腹へと前蹴りを叩き込む。

彼女は痛みに喘いでたたらを踏み、その様子を僕はじっと見下ろしていた。

雷系の力は、大抵の身体強化は出来るが、防御、耐久の向上だけはできない。

朝比奈嬢は顔面に拳一発、両頬に張り手二発、加えて本気デコピンまで食らってるんだ。

そろそろ身体的に限界も近いだろう。


それに、そろそろタイムリミットだし。

僕や朝比奈嬢の体を、魔法の光が包み込む。

既に、両クラスの決着はついている。
この戦いも、転移の準備が出来るまでの足掻きに過ぎない。
朝比奈嬢は目に見えた焦りを見せて、僕は肩を竦めた。
「どうやら、時間らしいな」
……正直言うと、お前を完膚なきまでに倒すつもりだったんだ。
新崎の姿でも、この姿になったとしても。
今回の目的は【朝比奈霞を潰すこと】だった。
今後の成長のために。
慢心させないために、な。
「前言撤回だな。二度目もお前の勝利としよう。終始、オレはお前を倒せなかった」
「……っ！」
納得していない顔で、彼女は僕を睨む。
確かに、追撃はしなかったさ。お前を殺せるタイミングはいくらでもあった。
だが、これは殺し合いではなく、ただのゲームだ。
あらかじめ定められたルールの上で、僕は比較的真剣に戦ったつもりだよ。
それにお前を倒すことは出来なかったが、技術を伝えることは出来たからね。
なら、勝ち負けにはこだわらないさ。

最低限、すべきことは成したから。

「それではオレは失礼するよ。せいぜい勝者は胸を張って凱旋するといい」

「ふ、ふざけないで！　まだ決着は――」

言いかけた状態で、転移は始まった。


気がついた時には、既に僕らは洞窟の入口に立っていた。

朝比奈嬢は、普通に転移してきた僕を見て、愕然と目を見開いている。

「あ、雨森…………くん？」

「お前……どうした、ボロボロだけど」

僕は、雨森悠人として、何気ない顔して彼女へ問うた。

既に、八咫烏は姿を消している。

ここにいるのは僕と、文芸部の皆と、朝比奈嬢だけ。

そして当然、僕のアリバイも完ぺきに出来ている。

「あ、あれっ……転移？って、あ、朝比奈さん!?　なんで傷だらけなの!?」

「雨森くんは、朝比奈さんと別れてすぐに私たちと合流してたんですけど……も、もしかして、新崎くんがまた悪さを……？」

一緒に転移してきた火芥子さんや星奈さんの声。

それらを振り返り、また僕を見て、朝比奈嬢は肩を震わせ、涙を溜める。
そして、僕の体へと思いっきり抱きついてきた。
「雨森、くん……！　本当に……無事でよかった……っ！」
その体は震えている。
傷を負い、実力不足に歯嚙み。
それでも他人を心配し、涙を流せる。
その姿を見て、僕は苦笑した。
……そうか、朝比奈。
僕はお前に、正義の味方なんて目指してほしくは無かったけれど。
お前は、そういう正義の味方を目指すというなら、もう、邪魔はしない。
機械のように、そういうシステムのように善を慈しむわけではなく。
人として他者を慈しみ、人間性の中で善を尊ぶ。
――そういう在り方のほうが、僕としても好ましいと思うから。

かくして、一年C組と一年B組の戦いは幕を閉じる。
終わってみれば、朝比奈と新崎が拳を合わせる機会は一度もなく。
ただ、夜宴が一方的に蹂躙し、痛み分けという形で終結させた。

朝比奈は強さを自覚し。
新崎は……どう転ぶかは分からないが。
少なくとも、来たるべき未来へ向けた布石は打った。
……あとは、彼女らがどれだけ成長してくれるか、によるのだが。
僕は、抱き着いて離れない朝比奈から視線を外す。
ふと、洞窟の中へと視線を向けた。
そこには誰もいないはず。
──にもかかわらず、闇の奥には白髪が揺れていた。
『雨森悠人が他人の成長を当てにする相手』
そう言語化すれば、次の相手なんて一人しかいない。
C組内に居座っていた『邪魔』は掃除した。
B組は徹底的に叩き潰し、こちらへの加害不可能の縛りを設けた。
であるならば、残る相手は一人だけ。
気が付いた時には、白髪の少女は幻のように消えている。
それは僕が見た幻か──あるいは、少女が本当にそこにいたのか。
今となっては分からないが……本当にいたとしても納得できるような相手だ。
──一年A組、橘月姫。

彼女との戦いは、きっと想像を絶するものになるだろう。

なんせ、読み合いにおいて僕の遥か上を行く怪物だ。

何十、何百と先を読んでもまだ足りないかもしれない。

「……本当に、面倒な奴」

そう吐き捨てた相手は、もう居ない。

その代わり、僕のつぶやきを勘違いした朝比奈嬢がピクリと跳ねた。

☆☆☆

――それとほぼ同時刻、洞窟内にて。

雨森悠人は、最奥の大広間に立っていた。

おそらく、その男は彼の残した分身なのだろう。

当然、本体と比べれば大いに実力で劣る。……にもかかわらず、その分身は単身で洞窟の最奥まで到達し、その道中で殺した魔物の数は既に数百へと上っていた。

「……何が『弱い魔物』だけ、だ」

眼の前には、殴殺した竜の死骸。

雨森悠人からすれば片手間に屠れる雑魚にしても、今の朝比奈、新崎らがこの竜と対すれば相応に苦戦を強いられただろう。それほどの膂力、耐久力を有した蜥蜴だった。
――何故、学園の地下にこのような怪物が居るのか。
雨森悠人の疑念は、その一点に尽きる。
この魔物は学園が作ったモノなのか？
ならば、どうやって作った、何のために作った？
今までに戦ってきた魔物は全て、雨森悠人へと一直線に突っ込んできた。
どれだけ実力差を示そうと、いかに殺戮を見せようと。
雨森悠人を殺すことが目的だとでも言うように、襲ってきた。
彼はしばしの逡巡の後、死体に手を突っ込み、弄る。
真っ赤な血肉を取り出して。
その血肉に対して、雨森悠人は【もう一つの異能】を行使した。
「…………………」
長い、永い沈黙。
時間にしてみれば数秒のことでも。
異能を行使し、結果が出るまで。
――否、全てに理解が及んでもなお。
雨森悠人は、ややも動こうとはしなかった。

「……はぁ」

やがて、深いため息ひとつ。

手の中の死肉を、握り潰す。

跳ねた肉片が頬へ跳ねた。

肉片の流れる頬に、無表情は無い。

この学園に来て初めて。

笑顔以外の表情が、そこには在った。


——空気が、淀む。


「嫌な予感は、どうしてこう、当たるのかな」

口調は酷く穏やかなれど。

彼の姿に、普段通りの影などない。

雷が周囲を焼き、大気が震え、竜の死体は朽ちてゆく。

噎せ返るような濃厚な殺意。

ひたすらの憎悪。

「疑念で済めばよかった。……僕の思い過ごしであれば、どれだけ良かったか」

雨森悠人には、この学園に入学を決めた【本当の理由】があった。
彼が語ることはないけれど。
嘘つきが本当の事を言うとは限らないけれど。
自由を求める雨森悠人にとって。
校則に縛られる学園生活など、続ける価値はどこにもないのだ。
故に彼には、理由があった。
自由を捨ててでも。
何を犠牲にしてでも。
この学園で確かめねばならないことがあった。
そしてそれは、今、ハッキリした。
「やはりこの学園は、近いうちに潰す」
この死体を前にして。
雨森を名乗る以上。
もう、後戻りはできない。
そのガラス玉のように濁った瞳には、憐憫と、蔑むような感情が入り雑じる。
「最悪の気分だ。こんな贋作に……僕と同じ血が流れてるなんてな」

エピローグ

「雨森さん！　お久しぶりです！」

　B組との決着、その翌日。黒月奏がとても元気な顔で復帰した。

　いつもより少し早く登校していた僕は、黒月以外は誰もいない教室で、開口一番にそう言われる。相変わらず元気だねぇ、君。僕と二人の時だけは。

「黒月。おはよう。大丈夫なのか？」

「はい！　なんだか昨日、目が覚めてしまって。普通に退院してきました！」

　医者の話じゃもうちょっとかかるとかなんと言ってた気がするが……。

　まぁ、異能の関係で精神的な変質があっても不思議じゃない。

　常人ならば一か月、という所を数日で目が覚めても……おかしくは無いのか？

　まあ、黒月だしな。こいつなら魔法でちゃちゃっと解決しても不思議じゃない。

「無茶はするなよ。お前に壊れられると少し困る」

「あはは……酷い言い方ですね。倉敷から聞きましたよ？　なんでも雨森さん、気がふれてクラスメイトボコり散らかしたって」

「……とりあえず、倉敷が怒ってるのは分かった」

新崎の体で思いっきり殴ったからなぁ。

まあ、手加減はしたけど痛かったとは思うし。

クラスは任せた、とか言っておきながら自分でそのクラスをぶっ壊したわけだし。

今にして思うともう少し、彼女を信頼して話せばよかったと思わないでもない。

そうこう考えていると、なんだか黒月は鼻息荒く僕を見下ろしていた。

……なんだこいつ、気持ち悪いなぁ。

「……なんだよ」

「雨森さん！　倉敷から聞きましたよ！　ついに本当の異能を教えて回ってる、って！」

その言葉を聞いて、脳内に『あっかんべー』する倉敷の姿が浮かぶ。

あいつめ……黙っておけと言っただろうが。

闘争要請の直後、色々と詰め寄られてしまったため、倉敷と四季には僕の本当の異能を教えている。だから、堂島、榊先生を含めて僕の異能を知るのは四人だけだ。

まあ、倉敷も黒月だからこそそんなことを言ったんだろうとは思うが……あとでしっかり『お話』しておかなきゃな。説教のお時間ですよ、倉敷さん。

「……少なくとも、教えて回ってはいないな」

そういえば新崎にも似たようなことは言ったが、ついぞ名前は教えなかった。

そんなことを考えていると、黒月から期待の視線を感じた。

見れば、彼はキラッキラした瞳で僕を見ている。

「……なんだ？」

「いえ！　教えて下さらないのかな、と！」

なんだよ、倉敷から聞いてなかったのか？

或(ある)いは、僕の口から直接聞きたいのかも知らんけどさ。

……まぁ、黒月になら知られてもいっか。

僕は頬杖(ほおづえ)をついて、その名を口にした。


「【燦天(さんてん)の加護】」


「……さんてんのかご？」

僕の言葉に、ピンと来ない様子で黒月は首を傾(かし)げる。

大抵は能力を聞いたら内容も分かるようになっている。

雷神の加護、魔王の加護、熱鉄の加護、とかな。

けれど、僕の異能は少々イレギュラー、特別製だ。

「僕の力は……複合型ともまた違うんだが、『三つの異能が使えるようになる』という力だ。しかも、個々の力がそれぞれ加護に等しい力を持っている。うち二つが、霧の力と、雷の力だな」

僕は右手に霧を、左手に雷を纏う。

いずれも僕の能力は黒く染まっている。

にしても、なんで黒いんでしょうね。中二病みたいでとても嫌なんだが……僕の能力は何を使っても全部黒いので、もう諦めるしかないのかと思っている。

その光景を見た黒月は、納得いったように手を打った。

「なるほど、つまりチートってわけですね」

「……軽いな」

あまりにもあっさりと流されたため、思わず言う。

「……もっと驚いたりしないのか？　堂島はもっといいリアクションしてたぞ」

「あぁー、堂島先輩は『自分の方が強い』って思ってたからじゃないですか？　僕は元々雨森さんには勝てないと思ってますし。あー、そりゃ勝てないなー、って改めて実感するだけですよ」

……そうなのか？　いや、まぁ……そうなのかぁ……。

そんなに軽く流されるんだったら、なんだか今まで能力を隠してたの、なんなの？って感じさえしてくるね。これなら最初から言っとけばよかったかもしれない。

「というか、残りのもうひとつの能力……なんなんですか？　その二つまで言ったんなら教えてくれても……」

「いいや、これは言わないでおく。念のためにな」

黒月の言葉を、途中で遮ってそう言った。

確かに能力を秘密にする意味なんて無いかもしれない。

素直に打ち明けた方が楽になるのかもしれない。

けれど、僕はきっと、いつまでも隠し続ける。

「だって、お前が裏切ったらどうする。黒月奏」

僕は誰も、信じちゃいないのだから。

☆☆☆

――青年は、夢を見ていた。

それは地獄と呼ぶべきか。

たった一人の【個】を前に、なす術（すべ）もなく大敗した。

ありえない。その言葉が脳内を埋め尽くす。

「な、んで、どうして!?」

敗した青年は、目を剝き叫んだ。

その頬に張り付いた笑みは既に薄い。

常に笑顔たる彼でさえ、笑顔を忘れるほどに現状は酷かった。

周囲には、恐怖に震えるB組の生徒たち。

まるで『指一本でも動かせば殺される』とでも言いたげな表情で。

立ち向かおうにも、膝が震えて立ち上がることもできなかった。

彼ら、彼女らが恐怖を向ける先には、一人の青年。

ソレは黒髪を揺らし、無表情に、無感動に弱者を見下している。

その姿を見て、誰もが理解した。

この男は、感情が表に出てこないわけではない。

それ以前に――そもそも感情が無いから、無表情なのだ。

「い、異能を……異能を封印したんだぞ!? なんなんだよ……なんなんだよお前は! どうして動ける! どうして戦える、どうして異能が使えている!?」

確かに封じた。……封じたはずだ。そういう手ごたえがあった。

にもかかわらず、その男は平然と異能を使っていた。

ならば自分は、いったいなにを封印してしまったのか。

考える度、背筋が凍る。

まるで、触れてはいけないモノに触ってしまったような感覚。

男は変わらず、無表情のまま青年の下へと歩き出す。

その光景に新崎康仁（やすひと）は悲鳴をあげたくなった。

まるで抵抗など無駄と言わんばかりに。

まるで最初から勝敗が決まっていたように。

徹頭徹尾、無表情を貼り付けた悪魔は、彼の目の前で足を止めた。


「――その力で封じられるのは一つだけ、みたいだな」


聞こえた言葉に、新崎は耳を疑った。

「…………なに、言ってんだよ、お前」

「聞こえなかったか？　僕は権能を複数保有している。残念ながら、お前の異能はその内の一つしか封印できないらしい」

青年は――新崎康仁は、既に理解していた。

雨森悠人（ゆうと）は規格外の男だと。

でも、それでも、現実は彼の想定をも上回っていた。

（個で複数の能力を保有する異能には通じない？……んな馬鹿な話があるか！）

例えば、熱原の熱鉄の加護。

あの能力には熱と鉄の二つの権能が存在する。

だが、それはあくまで個の異能に含まれる権能。

その大本を使えなくする異能封印であれば、確実に封じられる——はずだ。

なのに、どうして……雨森悠人の異能は封印できていない？

「……信じてないな。堂島あたりはあっさり信じたんだが……お前は賢いみたいだ」

「ど、堂島……？　や、やっぱり、お前が——」

言いかけた言葉は、無理やりに閉ざされた。

気がついた時、目の前に雨森悠人の顔が迫っていて。

彼は、新崎の口を塞ぐように手を当てていた。

「喋るな、語るな、囀るな。僕が何故お前を生かすと思う。用済みになったガラクタを、なぜ捨てずに置くと思う。それはお前がこの先使えるかもしれないからだ。その可能性以外、お前に価値など見いだせない。お前は弱者だ、何者にも成れはしない」

「……ッ」

言葉も出ない。

ただ、恐怖に体が引きつっていた。

自分は随分とイカれ、狂っていると思う。

けれど、この男の目を見た瞬間に理解した。

この男は……自分以上に狂ってる。

何があれば、こんな化け物が生まれるのか。

どうすれば、ここまで狂い果てることができるのか。

壊れ果てた怪物。雨森悠人を前に、そんな言葉が頭に浮かんだ。

新崎は歯を食いしばると、彼の手を払い除ける。

大きく雨森との距離を取り、意地を張って雨森へ叫ぶ。

「僕は、絶対に負けられない！　正義の面を被った悪を！　お前みたいな理不尽を！　そういうものを許さぬために生きてきた！　ここで負けたら……僕が狂った意味が無いんだ！　彼らにとっての正義の味方として、お前は倒さなきゃいけない！」

「正義の味方……か。それに最も必要なものが、お前にはないだろう」

正義の味方に必要なもの。

それは心か、優しさか、カリスマか。

あるいは朝比奈に語ったように責任感か？

いいや違う。

「正義の大前提、それは強さだ」


理不尽なまでの強さ。

絶対に負けぬ不条理。

何があろうと自分を貫く圧倒的な強さ。

それこそが正義の前提。

それが、新崎(しんざき)康仁には欠如していた。

「……お前は、惜しかった。今まで出会った誰よりも、僕に近かった。ただ唯一強さが足りなかった。お前に不足していたのはただ一つ、強さだけだった。強くさえあれば、お前は両親を殺さなくても済んだだろうに」

「……っ!? な、なんで、お前がそれを──」

驚きを無視し、黒き死神は歩き出す。

「僕は全てを知っている。この学園の成り立ちも、異能の正体も。……というか、学園長より詳しいんじゃないのかな。まぁ、そこは、お前は知らなくていいことだが」

「ふ、ざけ──!」

最後の言葉を言い切ることは出来なかった。

それより先に、雨森(あまもり)の拳が彼の顔面を打ち抜いた。

嫌な音が響き渡り、雨森は拳を振り抜き、呟く。

「新崎康仁。お前の今後に、期待する」

☆☆☆

「……アンタ、ホントに負けたのね」

四季いろはは、病室でポツリと呟いた。

目の前には、倒れてから一度も意識を戻さない、一人の男の姿がある。

絶対に倒れないと思っていた男の敗北に、四季は、少しだけ思うところがあって、学校に行く前、この病室へと立ち寄った。

「私も、ちょっと前まではアンタが一番強いと思ってた。……強いヤツには巻かれておけ、ってね。でも、違ったわね」

闘争要請が終わってから、B組は新崎の一強時代の終焉を迎えていた。

誰もが、新崎に感謝していた。

自分たちの味方でいてくれたこと。

そして、自分たちを守ろうと、雨森悠人へ立ち向かったこと。

全生徒が等しく感謝し、恩を感じ、動き出した。

今までの【停滞】から抜け出してしまった。

それが、仇となった。

「……皆、今度はアンタのために強くなろう、って息巻いてたわよ。アンタがピンチなんかになるから……全く。自分で自分の首絞めてちゃ世話ないわね」

新崎康仁の力は【神帝の加護】。

自分に付き従う者を対象とし、あらゆる力を借り受ける能力。

その『付き従う者』は『自分を崇拝し、庇護対象となっているクラスメイト』には該当する。だが、自ずから努力し、彼に並び立とうとする生徒たちには該当しない。

だってそれは『付き従う者』ではない。

――ただの【仲間】でしかないのだから。

つまり、ここに来て新崎康仁は、能力の過半を失うこととなった。

「……ほんと、馬鹿みたい」

四季は少しだけ、嬉しそうにそう言った。

雨森悠人に救われた。

心の底から惚れ込んだ。

だけど、彼女もまた一年B組。

社会不適合者の一員だった。

だから、新崎が必要としてくれることに、多少の恩を感じていた。

そんな新崎を裏切ることに、複雑な感情を覚えていた。

だからこそ、嬉しかった。

「私なんか居なくても、アンタは十分、恵まれてるわよ」

もう、新崎康仁は一人じゃない。

孤独じゃない、独裁者じゃない。

機能しなくなった神帝の加護が、その証拠だった。

「んじゃ、私もそろそろ行くわ。新崎、どーせ目ぇ覚めてんでしょ？　アンタも早く学校来なさいよ。私以外はみんな待ってんだから」

かくして、彼女は病室を後にする。

残ったのは、静まり返った病室と。

――そして、体を起こした新崎康仁だけだった。

「痛(い)てて……、雨森の野郎、マジで容赦なく殴りやがって。……つーか、どうやってあのじゃじゃ馬を躾(しつけ)たんだよ……。機会があったら聞いてみたいね……っと」

彼は身体中(からだじゅう)の痛みに顔を顰(しか)めながら、壁へと背中を預ける。

窓の外には青空が広がっている。

右手に力を込めるが、以前のような力はない。

四季の言う通り、自分で自分の首を絞めた。
その結果がこれだ。笑うことも出来やしない。
「……やっと、決別できた、ってことかな」
常に笑顔たれ。
頭の中に染み付いた教えは、いつの間にか消えていた。
窓に映る自分は、どこまでも陰鬱とした雰囲気だ。
その姿は滑稽で、負け犬のようにしか見えなかったけれど。
笑顔が無くなった自分を見て、不思議と清々しい思いがあった。
父は言った。誰より強くあれ、と。
母は言った。常に笑顔たれ、と。
それらの教えを思い出し、彼は目を閉じた。
「盛大に負けて……笑顔も消えて」
もう、守るべき教えは破ってしまった。
残ったのは壊れに壊れた正義感だけ。
——ドクンと、心臓が大きく鼓動する。
その瞬間、まるで心身が新しく生まれ変わったような気がした。
汚れきった血が、新しいモノへと変わっていく。

鼓動の度に筋肉が壊れ、その端から強靭な筋肉が生まれる。
そんな感覚が、身体中を駆け巡った。
目を開けば、狂おしいほどの使命感は消えている。
雁字搦めの鎖は消えて。
新崎康仁は、生まれて初めて『自由』を知った。
「……これは」
ふと、机の上に置いてあったスマホが鳴動する。
新たな通知が、一件。普段なら気にもしないソレが、今は強烈に気になった。
導かれるように手に取れば、新たなメールが届いていた。
——宛先人は、不明。
メールを開くまでもなく、画面にその内容が現れる。

☆☆☆

【天能変質】
【所有者：新崎康仁】
【保有する天能を再構築致します】

【天能再編】
【該当者に新たな天能を授けました】
【天能名『王』】
【あなたの道行きに、幸福が在らんことを願います】

☆☆☆

それは、新たな波乱の第一歩。
牙を折られた獣の、新たな力の目覚め。
その文章を前に、新崎康仁は目を見開いて。
やがて、とても楽しそうな笑顔を見せた。
「……誰だか知らねぇけど、もしかして、リベンジの機会をくれるのかい？」
新崎は、改めて窓の外へと視線を向ける。
既に、C組へと害なすことは禁じられた。
つまり、雨森悠人（ゆうと）との直接対決は、もうありえない。

——少なくとも学園が機能している間は。

「……なぁんだ、最初から、やることは変わらないんじゃん」

ならば、学園をぶっ潰してしまえばいい。

そうすれば校則も制約も無効になる。

もう一度、雨森悠人と戦える。

そう考えると、心が燃える。

そして不思議と、雨森悠人の言葉を思い出す。

【僕が何故お前を生かすと思う。用済みになったガラクタを、なぜ捨てずに置くと思う。

それはお前がこの先使えるかもしれないからだ】

その言葉を思い出して、爆笑する。

あぁ、もしかして。雨森はこうなることも見越していたのか。

学園を潰すという目的の下、雨森と新崎は協力関係を結べると。

そこまで読んだ上で、あんなことを口にしたのか。

そう考えると、新崎は笑わずには居られなかった。

「いいね、いいよ雨森。協力してやる。お前をぶっ潰すために、お前に力を貸してやる」

それに、B組は雨森悠人を理解した。

八咫烏としての彼を知ってしまった。

彼がB組に情報を与えたということは……つまりは、脅迫（そういうこと）に他ならない。

「なんだっけ？　確か【情報をバラしたら死ぬ制約】とか言ってたけど……マジであいつ、能力何個持ってるんだか」

けれど、裏を返せば。

あの男の正体に触れさえしなければ、なんの問題もなく反旗を翻せるということ。

新崎（しんざき）康仁は立ち上がる。

もう、ベッドで休んでいるのは終（しま）いにした。

腕の点滴を引きちぎり、彼は満点の青空を見て笑顔を浮かべた。

それはいつになく清々しい笑顔だった。


「さぁ、楽しくなってきた！」

新崎康仁は、こんな所では終わらない。

あとがき

突然ですが、作者は国語の成績が『1』でした。

……あ、ちなみに音楽も酷かったです。人前で歌うのが恥ずかしすぎたあまり、クラスメイトの前で超絶ド音痴を晒した挙句、教室が失笑に包まれるという……今思い返しても胸が痛くなるストーリーがあります。

そう思うと音楽の道に進まなかったのは我が生涯において最大の英断だったのだろうと思うわけですが、『国語の成績カスだったのに、なぜ小説家になってんの……？』という疑問も浮かびました。

思い返してみれば、始まりは些細なことです。

高校時代に、ある小説を読んでドハマリ。

そのままノリと勢いで筆を取り、『なんか難しい単語並べとけば上手く見える理論』を展開。なんやかんや1年くらいで書籍化デビューとなってしまいました。

当時の作品を読み返すと「あぁ、これは国語1だな」と思う訳ですし、きっと自信満々に書いている当作品も、1年後に見返すと「こりゃ国語1だわな」という感想になるのでしょう。

なので『数年後に読み返しても自分で面白いと思える作品を書く』ことが目標なのですが……私の低脳では一生掛かっても難しいのではないかと思えてきます。

しかし、そうこう悩んでいる間に、なんかもう気づけば3巻目！

これには作者もびっくり。国語の非才、藍澤建（あいざわたてる）の脳内から溢（あふ）れ出したものが3巻もこの世に実在して良いものかと震えながら寝ております。

これもみなさんの応援あってこそ。いや、応援なかったらそもそも1巻だって発売許されていないと思ってますので、本当に、いつもありがとうございます。

これからも頑張って書いていきますので、是非今後も作者の非才にお付き合いいただければと思います！

今巻も、ご愛読ありがとうございました！

異能学園の最強は平穏に潜む 3
～規格外の怪物、無能を演じ学園を影から支配する～

発　　行　2024 年 2 月 25 日　初版第一刷発行

著　　者　藍澤 建
発 行 者　永田勝治
発 行 所　株式会社オーバーラップ
〒141-0031　東京都品川区西五反田 8-1-5
校正・DTP　株式会社鷗来堂
印刷・製本　大日本印刷株式会社

Printed in Japan　ISBN 978-4-8240-0734-6 C0193